Hugaschaka Huga Huga

AF158560

Reisen ohne Netz

Udo Wanke-Kreh

Hugaschaka Huga Huga

Der Lockruf der Arktis

Bibliografische Information der Deutschen Nationalbibliothek:
Die Deutsche Nationalbibliothek verzeichnet diese Publikation in der Deutschen Nationalbibliografie; detaillierte bibliografische Daten sind im Internet über http://dnb.dnb.de abrufbar.

© 2015 Udo Wanke-Kreh

Herstellung und Verlag: BoD – Books on Demand, Norderstedt
ISBN: 978-3-7392-6031-0

Inhaltsverzeichnis

Einführung	7
Reiseerlebnisse in England und Nordamerika	9
Zwei Monate England	9
New Yorker Impressionen	21
Mein erster Kurztrip	38
Mein zweiter Kurztrip	42
Die 200-Jahr-Feier in New York	43
Von New York bis Yellowknife	45
Von Yellowknife bis Vancouver	73
Von Vancouver bis Mexiko	90
Von Mexiko bis Florida	122
Stellungnahme zu meinen Reiseerlebnissen	128
Streunende Gedanken	133

Einführung

Reisen ohne Netz heißt, dass der Reisende auf sich gestellt ist. Es gibt keinen Reiseleiter! Versagt er, ist seine Reise zuende. Rundreisen im Ausland über mehrere Monate verselbstständigen sich, weil die Bedingungen und Probleme nicht vorhersehbar sind. Der Ausgleich sind überraschende Erlebnisse, aktives Leben und steigendes Selbstbewusstsein nach jeder ungewöhnlichen Herausforderung. Ändert sich die alltägliche, gewohnte Zivilisation, muss der Reisende sich umstellen. Beispielsweise in Weltstädten wie New York, der Arktis und der Spielerstadt Las Vegas. Sie gehören zu dieser Rundreise um Nordamerika, etwa 50 000 Kilometer im VW-Bus.

Zwischenmenschlich entfallen viele vorgefassten Meinungen und Konventionen. Die Kontakte sind direkt, man tauscht sich aus und hilft sich spontan. Es herrscht eine gewisse Trappermentalität, jeder weiß, dass er unter Umständen auf den anderen angewiesen sein könnte. Bereichernd sind all die kleinen Tricks und Erlebnisse, die in Erinnerung bleiben, gerne denkt man daran zurück.

Meine Empfehlung: *lesen Sie dieses unterhaltsame, kleine Büchlein.*

Reiseerlebnisse in England und Nordamerika

Ich nehme es vorweg, eigentlich wollte ich eine Weltreise machen, doch die Welt war zu groß für mich. Zwar fuhr ich über 50 000 Kilometer und schaffte damit locker eine Erdumrundung, aber über England, Nordamerika und einen kleinen Abstecher nach Mexiko kam ich nicht hinaus. Die Reise dauerte knapp neun Monate, dann war ich reisemüde und pleite. Das Geld reichte noch für den Rückflug von Amerika und einen Monat, um wieder Fuß zu fassen. Die durchschnittliche Reisegeschwindigkeit lag bei 185 Kilometer pro Tag. Natürlich gab es Tage, an denen ich 600 und mehr Kilometer fuhr, was soll man sonst bei Regen machen? Dafür blieb ich auch mal ein paar Wochen an einem Ort. Allgemein lässt sich sagen, dass ich jeden Monat ein schönes und zwei angenehme Erlebnisse hatte, der Rest war Plackerei. Meine Reisekosten wurden von Monat zu Monat geringer. In den ersten Monaten verbrauchte ich rund 1000 DM zum Leben, gegen Ende der Reise waren es nur noch 350 DM ohne nennenswerten Verlust an Lebensqualität.

Zwei Monate England

Ab 1. April 1976 bummelte ich von Würzburg bis Ostende und verband die Fahrt mit dem Besuch einiger Freunde. Am 7. April setzte ich mit einer Autofähre von Ostende nach Dover über und erreichte gegen Abend London. Der Linksverkehr, vor dem ich etwas Bammel hatte, erwies sich als problemlos. Ich reihte mich ein, und nach ein paar Stunden machte es im Kopf „klick", der Linksverkehr war eingerastet, wie auf dem Festland der Rechtsverkehr. In Greenwich, einem östlichen Londoner Außenbezirk, fuhr ich auf einen Parkplatz und verspürte mächtigen Hunger. Bis auf 1½ Pfund, rund 10 DM, hatte ich alles Bargeld ausgegeben, und die Banken waren bereits geschlossen. Gegenüber dem Parkplatz gab es das vornehme Speiserestaurant „Spread Eagle", das mich unwiderstehlich anzog. Ich betrat das Lokal, sagte der Bedienung, dass ich nur noch 1½ Pfund hätte und ob ich dafür etwas zu essen bekommen könne. Das Personal machte sich einen Spaß daraus und servierte mir ein köstliches Mahl mit mehreren Gängen einschließlich Getränke. Nach dem Essen erkundigte sich die Bedienung freundlich, ob ich noch irgendwelche Wünsche hätte. Dann brachte sie mir auf einem kleinen Tablett, zwischen einer Serviette, die Rechnung über exakt 1½ Pfund, bedankte sich höflich für meinen Besuch und geleitete mich bis zur Tür. Es war ein beeindruckendes Begrüßungsgeschenk, und ich hatte meine erste Lektion in englischem Humor erhalten.

Satt und faul fuhr ich nicht mehr weiter, sondern legte mich im Auto schlafen. Nachts wachte ich auf, die Blase drückte, und ich fragte mich, was nun? Einfach aussteigen und halbnackt auf den Parkplatz zu pinkeln war mir zu peinlich und stillos. Ich erleichterte mich notgedrungen in ein leeres Glas. Es lief über, meine Hand wurde lauwarm überspült, was die Blase erneut anregte, und der letzte Tropfen ging ohnehin in die Hose. Von diesem Tag an hatte ich für derartige Notfälle eine große Flasche mit weiter Öffnung und Verschlussdeckel im Auto.

Am nächsten Tag, es war der 8. April, kaufte ich mir einen Stadtplan von London, zuckelte in die Innenstadt und verbrachte den Rest des Tages mit der Suche nach einem Campingplatz. Am späten Nachmittag erreichte ich einen sehr schön gelegenen Campingplatz bei London. Um mich nicht zu verfahren, fuhr ich einfach einem Linienbus hinterher, der seine Endhaltestelle in der Nähe des Campingplatzes hatte. Ein Busfahrer wies mich an der Endhaltestelle so gut ein, dass ich den Platz auf Anhieb fand. Von dort aus konnte ich wahlweise mit dem Bus oder der Bahn in die City fahren. Deshalb stellte ich das Auto ab und richtete mich gemütlich ein. Die nächsten Tage verbrachte ich damit, die Umgebung zu erkunden und eine Sprachschule in London zu finden. Der Campingplatz lag zauberhaft, umgeben von Eichen- und Buchenwald. Die Eichhörnchen waren handzahm, den ganzen Tag über Vogelgezwitscher, und selbst die Rehe zeigten wenig Scheu. Die Tage bekamen ihren eigenen Rhythmus: Einkaufen, Essen Kochen, Spaziergänge, Schulbesuch, Hygiene, Wäsche waschen, Aufräumen, Auto pflegen, Gitarre spielen und mit dem Nachbarn schwatzen, vorerst noch mit Händen, Füßen und in Bildern.

Die Suche nach einer Sprachschule war nicht schwierig, aber aufwendig. Es gab zu viele Schulen. Sie boten wahlweisen Unterricht für zwei, drei und vier Wochen bis hin zu mehreren Monaten an. Die Preise für den Unterricht lagen zwischen 30 und 60 Pfund für drei Wochen. Mitunter waren sie auch wesentlich höher. Ich entschied mich für die „St. George's School". Sie lag für *mich günstig an der U-Bahnstation „Backer Street". In dieser Schule belegte ich einen Kurs von vier Wochen mit insgesamt 80 Stunden und Sprachlabor.*

2. Londoner Toilettenmann **3.** Parlamentsgebäude in London mit Big Ben, um fünf Minuten vor drei Uhr **4.** Mein Camp bei London **5.** Ein tabakfressendes Eichhörnchen

Der Preis betrug 53 Pfund, rund 350 DM, also etwa 4,40 DM pro Stunde. Das „Sprachlabor" bereitete mir echtes Kopfzerbrechen. Es war mir zu primitiv, um es begreifen zu können. Der korrekte Ablauf war folgender: Man setzte sich den Kopfhörer auf. Über den Kopfhörer wurde eine Frage gestellt. Dann folgte eine Pause, in der man die Frage zu wiederholen hatte. Danach folgte die korrekte Antwort auf die Frage, und man hatte auch sie zu wiederholen. Zwischendurch hörte der Lehrer mal rein, um zu kontrollieren, ob man es richtig machte. Mein Fehler war, dass ich die Frage, statt sie zu wiederholen, versuchte zu beantworten und die Antwort auf meine Antwort als „Richtigstellung oder Korrektur" verstand. Ich versuchte zu laborieren, also mit dem Tonband in Interaktion zu treten und war verzweifelt, weil das nicht klappte. Die anderen Schüler plapperten fröhlich vor sich hin, und ich kam mir saublöd vor. Nachdem ich endlich diese Papageienmethode beherrschte, fragte ich mich wozu? Nachplappern ohne zu denken konnte ich ja bereits als Säugling und so viel Zeit, die Sprache wie ein Kleinkind zu erlernen, hatte ich nicht. Das war nicht die einzige Macke des Sprachkurses. Wir lernten kein Umgangsenglisch sondern Schulenglisch, das in der Praxis total versagte. Wenn ein Engländer wissen will, was etwas kostet, fragt er „how much?" Wir lernten „What is the price of ...". Für „Danke" sagte der Engländer „thanks". Wir lernten „many thanks for your kindness". Sprach ich einen Engländer mit meinem Sprachschulenglisch an, zuckte er erst einmal zusammen und überlegte, ob ich ihn veralbern wolle. Antwortete er, verstand ich ihn nicht. Ich kannte weder die von ihm benutzten Redewendungen, die Idioms, noch die Vokabeln. Das Gesagte sinngemäß zusammenzusetzen war völlig unmöglich. Praktisch unbrauchbar waren auch die Lektionen. Ich lernte beispielsweise alle Teile eines Fahrrades auswendig. Dann folgte eine Story über einen Kaufhausbrand, ein Krimi mit Scotland Yard, und es wurde sogar poetisch mit dem Gedicht:

A ride on a tiger

Ther was a young lady of Niger
Who went for a ride on a tiger
They came back from their ride
With the lady in side
And a smile on the face of the tiger.

Mit diesem „lustigen" Sprachschulenglisch war ich nicht einmal in der Lage, mir eine Fahrkarte zu kaufen oder eine vernünftige Frage zu stellen. Nach etlichen Misserfolgen wurde ich verklemmt und traute mich kaum noch den Mund aufzumachen.

Dabei ist es so einfach. Als Grundlage, um sich mit Englisch durchschlagen zu können, benötigt man rund 300 Vokabeln, die gebräuchlichsten Redewendungen und ein wenig Grammatik. Darüber hinaus braucht einem der Lehrer nur die Aussprache der 300 Vokabeln zu vermitteln und die Methode, sie benutzen zu können, also beliebig zu variieren. Damit kann man sich nicht nur durchschlagen, sondern mit Geschick und Wendigkeit sogar abendfüllende Gespräche führen. Trotzdem ist es nicht verkehrt, eine Sprachschule zu besuchen, auch wenn sie kaum etwas bringt. *Man ist beschäftigt und findet, vor allem im Ausland, Anschluss. So gesehen war die Sprachschule ein harmonischer Einstieg in die Reise.*

Nebenbei machte ich die übliche Touristentour, wie sie in jedem guten Reiseführer steht. Ein aktueller Stadtplan von London, einige Karten von England im Maßstab 1:750 000 bis 1:20 000, je nach Bedarf, und es bleibt einem nichts verborgen. Alle Erlebnisse, die darüber hinausgehen, bringen der persönliche Kontakt mit den Einheimischen und die Reiseerfahrung. Ein Beispiel für die Reiseerfahrung ist die Superkorrektheit der Engländer. Meinen Campingplatz musste ich nach 14 Tagen verlassen. Der Verwalter war unerbittlich, obwohl der Platz fast leer war. Kein Hinweis auf meine Sprachschule und persönlichen Probleme, nicht einmal ein Bestechungsversuch konnten ihn erweichen. Er nannte mir einen anderen Campingplatz, der ganz gut sei und sagte zu mir, in 14 Tagen könne ich zurückkommen, dann sei die „Sperrzeit" abgelaufen.

Die Tage vergingen, und da fast alles neu und ungewohnt war, kam keine Langeweile auf. Nur die alltägliche Routine, die sich ständig wiederholenden Notwendigkeiten gingen mir auf den Geist. Auch der viele Regen, eine bleierne Schlaffheit, bedingt durch die Umstellung vom Berufsleben auf das Reiseleben sowie Erkältungen machten mir zu schaffen. Noch war ich nicht abgehärtet genug und vermisste die geordnete Behaglichkeit eines berufstätigen Bundesbürgers. Vor der Reise war mir nie bewusst geworden, wie gut es mir ging.

Einige Tage nach Beendigung der Sprachschule verließ ich am 13. Mai 1976 London und fuhr, einen großen Schlenker machend, durch Süd- und Westengland nach Liverpool. Ich fuhr, bis ich ein schönes Plätzchen gefunden hatte und verweilte dann so lange, bis die nähere Umgebung an Reiz verlor. Die täglichen Notwendigkeiten nahmen rund vier Stunden in Anspruch. An Fahrtagen kamen noch vier bis sechs Stunden Autofahren dazu. Auch die Reparaturen am Auto brauchten ihre Zeit, ein ewiges Gefummel. Mitunter waren es winzige Kleinigkeiten, deren Ursache erst einmal gefunden werden musste. Beispielsweise hat jeder Tank eine Entlüftung. Ist diese verstopft, erhält der Vergaser keinen Kraftstoff, weil der Druckausgleich fehlt. Die Reparatur dauert zwei Minuten, den Fehler zu finden kann Stunden dauern. Wer denkt denn an so etwas? Doch irgendwann sind einem die Funktionsabläufe beim Auto so vertraut, dass man Fehler systematisch einkreisen kann und relativ schnell findet. Mein VW-Bus war ja zum Glück noch so traditionell, dass ich mit dem Bordwerkzeug das Meiste selbst reparieren konnte.

Einige Eindrücke und Landschaftsbilder sollen meine Reise durch England, Cornwall und Wales abrunden. Den ersten größeren Stopp machte ich rund 80 Kilometer westlich von London in dem Dreieck zwischen den Orten Andover, Newburg und Marlborough. Die Landschaft strahlte Ruhe aus. Vereinzelt, im Abstand von mehreren Kilometern, standen einsame Gehöfte und es gab kleinere Ortschaften. Sie waren eingebettet in hügligem Gelände mit großen Grasflächen, unterbrochen von Wäldchen.

Statt Menschen sah ich Schafe, Rinder, Fasane, Rabenvögel, Karnickel und bunte Wiesenblumen. Eine Gegend zum Verweilen und Pläne schmieden.

Von Andover aus fuhr ich nach Southampton und erkundigte mich dort zum ersten Mal nach einer Überfahrt nach Amerika. Es war unmöglich. Von Southampton aus fuhren nur noch Containerschiffe. Man bot mir einen Container für das Auto an. Für einen kleinen Container war das Auto 50 Zentimeter zu hoch. Im nächst größerem hätte ich „wenden" können, und er war unbezahlbar. Man verwies mich auf Liverpool, Rotterdam und Hamburg, von dort aus verkehrten noch Stückgutfrachter. Ich fuhr an der Südküste Englands weiter bis nach Land's End in Cornwall. Sehr schön war der „Dartmoor Forest". Die Landschaft ist reizvoll. Sie vermittelt ein Gefühl von Überlebenskunst unter schwierigen Verhältnissen. Land's End selbst ist ein windiger, karger, felsiger, rauer Flecken. Außer etwas Viehwirtschaft und vielleicht Fischfang oder Schmuggel gibt es kaum einen Broterwerb.

Einige typische, allgemein bekannte Eigenheiten der Briten fielen auch mir auf. Da ist zum einen das Kampfsaufen, kurz vor der Polizeistunde. Der Wirt „bimmelt" zum „last order". Das ist die letzte Gelegenheit, um noch etwas zu bestellen. Tumultartig ordert jeder noch schnell ein paar Bier, die dann mit Bravour hinuntergestürzt werden. Auch das Essen hat seine Tücken. An den Imbissständen mit „Fish und Chips" oder „Hot Dogs" und den Speisebuden von Indern und Chinesen kann man sehr preiswert essen. Das kann aber auch sehr schnell in die Hose gehen - wörtlich genommen. Eine mittlere Preislage gibt es kaum. Die besseren Speiselokale haben eine internationale Küche vom Allerfeinsten. Die Preise sind für den Durchschnittsbürger unbezahlbar.

Sehr raffiniert ist die Spiel- und Wettkultur. Wenn zwei Angler auf der Mole sitzen, findet man gewiss einen Briten, mit dem man wetten kann, welcher von beiden den ersten Fisch fängt. Auch die Spielautomaten haben ihre eigene Faszination. Man sieht das Geld auf einer Platte, auf der sich ein Schieber hin und her bewegt. Jedes eingeworfene Geldstück verändert die Gesamtanordnung der Münzen. Fällt Geld über die Vorderkante der Platte, ist das der Gewinn. Bei jedem neuen Geldstück, das man einwirft, denkt man, jetzt muss doch das Gleichgewicht so gestört sein, dass eine ganze Lawine an der Vorderkante abstürzt. Tut sie aber nicht, und der Anreiz wird von Münzeinwurf zu Münzeinwurf größer. Wer hört schon ganz kurz vor dem „großen Gewinn" auf? Diese Spielautomaten sind die reinsten Pleitegeier. Bevor man nicht seine letzte Münze verspielt hat, bleibt man dabei. Kaum ist man pleite oder will nur mal schnell wechseln, rasselt es beim Nächsten und man könnte sich vor Ärger in den Arsch beißen. Der blasierte, unbeteiligte Gesichtsausdruck des Briten beim Verlieren und Gewinnen sucht seinesgleichen.

Doch weiter ging die Reise über St. Ives, Ilfracombe und Porlock auf den nördlichen Uferstraßen von Cornwall und dann mit ein paar Abstechern durch Wales nach Liverpool. Dünen, Strände, Steilküsten, Regen, Naturparks, Verkehrsschilder, auf denen

Schafe Vorfahrt haben, Bergstraßen und eine durchgängig freundlichgrüne Landschaft. Je näher ich Liverpool kam, umso stärker war das Leben auf den Tourismus ausgerichtet. Für jeden Depp sein eigener Nepp. Zum Glück hatte ich meinen Schlafplatz im Auto und war weitgehend Selbstversorger. Ein Problem ist die Suche nach einem geeigneten Platz zum Übernachten. Bei den ach so liberalen Briten darf offiziell jeder überall halten, parken und übernachten. Nur, alles was von der Straße abzweigt, ist entweder Privatbesitz oder durch irgendwelche anderen Schikanen, Verbote und Anordnungen gesperrt. Will man nicht direkt an der Straße oder einem reizlosen Platz übernachten, muss man zwangsläufig auf einen Campingplatz. Die große Freiheit, überall campen zu dürfen ist vergleichbar mit der Erlaubnis, in einer baumlosen Steppe auf Bäume klettern zu dürfen.

6. Im Hochland der Schafe **7.** Dünen am Nordseekanal

Liverpool selbst ist eine liebenswürdige Stadt, so zwischen weltweit und englisch. Nach einigen ergebnislosen Versuchen, ein Schiff für die Überfahrt nach New York zu finden, ging ich in ein

Reisebüro. Und siehe da, auf einmal klappte alles wie von selbst. Allerdings zu einem stolzen Preis. Das Reisebüro empfahl mir einen Flug von Liverpool nach New York, das sei preiswerter als eine Schiffsreise. Das Auto würde verschifft und wäre etwa zehn Tage später in New York, ich brauche es nur vom Hafen abzuholen. Die Gesamtkosten betrugen für den Flug, den Autotransport, die Vermittlung und spätere Nachzahlungen rund 2500 DM, also 1/6 meines Reiseetats. Auf den Autotransport entfielen insgesamt 1700 DM. Da ich das Auto nach meiner Reise für 350 Dollar (875 DM) in den USA verkaufte, kostete mich der Autotransport rund 825 DM. Dafür hätte ich den USA niemals ein brauchbares Auto einschließlich Ausrüstung kaufen können. Dass das Auto und die Ausrüstung nur für diese eine Reise dienten, war mir vorher klar. So gesehen war die Idee, das eigene Auto in die USA zu verschiffen, eine günstige Variante. Insbesondere auch deshalb, weil der Benzinverbrauch, im Vergleich zu den amerikanischen Autos, bei der Hälfte lag. Ich brauchte, bedingt durch meine Bleifußfahrweise und die Zuladung, rund 15 Liter pro 100 Kilometer. Um nur 90 bis 100 Stundenkilometer zu erreichen, war Vollgas Bedingung. Bei schlechten Wegstrecken und Stadtfahrten in den unteren Gängen erhöhte sich der Kraftstoffverbrauch.

New Yorker Impressionen

Am frühen Morgen des 30. Mai saß ich noch in Liverpool im Hausflur des Hotels, in dem ich übernachtete. Noch waren alle Türen verrammelt, sogar die zum Frühstücksraum. Zwei Hunde leisteten mir geduldig Gesellschaft, sie kannten die Frühstückszeiten besser als ich. Was für ein eigenartiger Morgen. Um 11.30 Uhr war mein Abflug und ich saß hungrig mit zwei Straßenkötern auf den Treppenstufen vor dem Frühstücksraum.

Ein kleiner Zeitsprung mit Zeitverschiebung. Es ist immer noch der 30. Mai, allerdings 15 Uhr, und ich lande in New York. Bereits der Flug mit dem Jumbo war ein Erlebnis, die nächste Hürde war das Auschecken. Am Einreiseschalter musste ich eine Adresse in den USA angeben, ohne Adresse kein Einreisestempel. Ein freundlicher Newyorker sagte mir, dass eine Hoteladresse ausreichen würde und nannte mir auf meine Bitte hin auch ein Hotel in Manhattan. Vom Flughafen aus fuhr ich mit einem Linienbus nach Manhattan. Große Augen bekam ich, als ich vom Bus aus einen gewaltigen Friedhof sah, auf dem die Amerikaner im Auto zum Grab fuhren. In Manhattan stieg ich aus, stellte mein Gepäck neben mich und wollte mich nach einer Tourist Information erkundigen. Im gleichen Augenblick stürzt ein Mann auf mich zu, schnappt mein Gepäck, bringt es in ein Taxi und will 6 Dollar für den Service. Ich zeige ihm den Vogel, nehme mein Gepäck aus dem Taxi, stehe kaum 20 Sekunden, da geschieht das Gleiche. Diesmal wollte der „Gepäckträger" 4 Dollar für den Service. Danach behielt ich mein Gepäck in der Hand.

Der Nächste der mich ansprach, war ein riesiger, freundlicher Schwarzer. Er fragte mich, woher ich käme. Ich antwortete „from Germany" und will ihn nach einer Tourist Information fragen. Er aber nimmt mir nur sanft meine Tasche aus der Hand, bringt sie in ein Taxi und sagt 2 Dollar für den Service. Ich gab auf und ihm zwei Dollar. Im Taxi nannte ich aus Verlegenheit die einzige Adresse, die ich kannte, und zwar das Hotel, das ich am Flughafen angegeben hatte. Der Taxifahrer, dem ich ein Tip (Trinkgeld) gab, sagte mir, dass ich auf den üblichen Touristennepp hereingefallen wäre und dieser „Gepäckservice" sogar polizeilich verboten sei.

Zehn Tage Manhattan

Von New York lernte ich nur den Bezirk Manhattan kennen. Einige Male musste ich zwar zum Hafen in Jersey, das waren aber nur Kurzbesuche wegen des Autos. Die Bezirke wie die Bronx, Brooklyn, Queens und Richmond sah ich nur vom „Empire State Building" aus, das im Jahr 1976 mit seinen 102 Stockwerken das höchste Gebäude in Manhattan war. Günstig für mich waren in den folgenden Tagen meine Unbedarftheit und die Tatsache, dass ich in Großstädten wie Berlin und München gelebt hatte. Deshalb fand ich mich leicht zurecht. Ein Stadtplan von Manhattan und ein Reiseführer reichten als Grundinformationen völlig aus. Die Orientierung war durch die geometrische Anordnung der Straßen ein Kinderspiel. Vom Süden (Freiheitsstatue) bis zum Norden (Harlem) verliefen die Avenuen. Es gab je nach Gegebenheiten fünf bis sieben Avenuen, die parallel zueinander verliefen. Sie waren breite, mehrspurige Prachtstraßen, teilweise mit Grünstreifen in der Mitte und gewaltigen Schlaglöchern auf den Fahrbahnen. Von ihnen gingen rechtwinklig die Streets ab. Die Avenuen und Streets waren korrekt durchnummeriert, und die Avenuen hatten Namen. Ich wusste in jedem Augenblick exakt, wo ich mich befand. Die einzige nicht parallel verlaufende Avenue war der Broadway, der im Bogen von Südosten nach Nordwesten verläuft und mehrere Avenuen kreuzt. Er ist schätzungsweise 15 bis 20 Kilometer lang. Da alle touristischen Sehenswürdigkeiten in den Reiseführern stehen und zu den Jedermannserlebnissen gehören, beschränke ich mich weitgehend auf meine persönlichen Eindrücke und Erlebnisse. Die stehen nämlich nirgends.

Das Hotel, in dem ich meine erste Nacht verbrachte, muss einmal bessere Tage gesehen haben, doch das war lange her. Mein Zimmer war eine Mischung aus gediegenen, wurmstichigen Möbeln im viktorianischen Stil, Kitsch, Kunststoff, Wackelkontakten an allen Lampen und Schmutz. Die Tür hing schief in den Angeln und sah aus, als würde sie alle zwei Tage eingetreten. Die Fenster waren blind vor Schmutz und an einer Ecke notdürftig mit Pappe vernagelt. Das Toilettenpapier stand auf dem Nachttisch, auf der Toilette im Flur würde es wohl geklaut. Die Klimaanlage hatte Asthma, aber es gab einen großen Farbfernseher mit mehreren Nachtprogrammen. Das Waschbecken im Zimmer war gelblichgrau marmoriert vom Urin aus Jahrzehnten. Das kannte ich aus Deutschland. Bis auf die Wackelkontakte bei der Beleuchtung, die mir lästig waren, ließ ich alles, wie es war, und nahm mir vor, mir am nächsten Tag ein anderes Zimmer zu suchen. Immerhin kostete das Zimmer laut Aushang stolze 15 Dollar pro Nacht, ohne Frühstück. Mit der Tax, der Steuer, wurden es 18 Dollar.

Am nächsten Vormittag ging ich auf Zimmersuche und fand ein Zimmer für 5,50 Dollar pro Nacht. Ich musste allerdings für eine Woche im Voraus bezahlen. Es war das „Elton Hotel" in der 27. Street im südlichem Manhattan. Das Zimmer war ein schauderhaftes Dreckloch. Ein schmaler Schlauch, ein blindes Fenster, ein schmutziges Waschbecken wie gehabt und wackelige, alte Möbel. Im Zimmer befanden sich ein Stuhl, eine Kommode, ein Hocker, ein Schrank und ein Bett. Einzig das Bett war groß, stabil und die Bettwäsche - Laken, Bettbezug, Kopfkissen - war frisch und sauber. Auf der Kommode lagen ein paar alte Lumpen, die ich später als Decken mit Brandlöchern identifizierte. Die ersten Nächte waren so warm, dass ich nur in den Bettbezug schlüpfte und ohne weitere Zudecken auskam. Erst als das Wetter umschlug und die Nächte frisch wurden, legte ich vorsichtig die Decken über den Bettbezug, den ich wie einen Schlafsack benutzte und vermied jeden Körperkontakt mit ihnen. Die Duschen und Toiletten im Flur waren zum Glück sauber und funktionierten. Ich war am Nachmittag eingezogen, hatte mich notdürftig eingerichtet und mir ein Versteck für meine Wertsachen gesucht. Das waren der Reisepass, das Geld, die Autopapiere und die Travellerschecks, immerhin noch über 10 000 DM. Um ein geeignetes

Versteck zu finden, baute ich den Schrank halb auseinander, bis ich einen Hohlraum fand, der aufgrund der Verkrustungen und Verschmutzungen schon seit Jahrzehnten unentdeckt war. Verließ ich das Hotel, steckte ich mir nur 20 Dollar, die Adresse des Hotels und mein Taschenmesser ein. Das Messer war rasiermesserscharf und hatte aufgeklappt eine feststehende Klinge. Zum Glück brauchte ich es nie. Manchmal, wenn ich Angst hatte, trug ich es aufgeklappt im Ärmel, das gab mir ein Gefühl von Sicherheit. Ein wenig Angst begleitete mich immer, aber ich redete mir ein, wenn du nichts bei dir hast und dich unauffällig verhältst, ist das Risiko, ausgeraubt zu werden oder in eine gewalttätige Auseinandersetzung zu geraten, gering. Ein wenig Angst ist keine schlechte Schutzfunktion, sie macht wach und vorsichtig.

Am Spätnachmittag des Tages bummelte ich durch Manhattan. Ich war angenehm überrascht, dass sich Manhattan nicht wie eine Betonwüste darstellte. Die Häuser sind zwar hoch, dafür aber sind die Straßen entsprechend breit, so dass die Harmonie gewahrt bleibt. Da viele Hausdächer und Balkons sowie alle freien Fleckchen begrünt waren, wirkten die Straßen und Bauten weniger gewaltig. Es kommt, um den „Central Park", sogar eine anheimelnde, historische Komponente dazu. Die älteren Hochhäuser, schätzungsweise aus der 30er bis 50er Jahren, mit Stuck und schrägen Blechdächern mit Grünspan, vermitteln eine Altstadtatmosphäre. Einige Bauten wirken wie überdimensionale Landhäuser. Belebt wird das Stadtbild durch die vielen Menschen und Autos. Alle Hautfarben, gängigen Automarken und Kleidung aus allen Kulturen beleben die Straßen.

Krass ins Auge stechen die Klassenunterschiede. Bitterstes Elend neben protzigem Reichtum. Es erweckt den Eindruck, dass der Mittelstand völlig fehlt, so krass sind die Gegensätze. Als ich einmal einer alten, hilflosen Frau über die Straße helfen wollte, sah sie mich erst misstrauisch an und hielt ihre Plastiktüte vor Angst mit beiden Händen fest. Nachdem wir die Straße überquert hatten, brachte ich sie zu ein paar Steinstufen. Dort setzte sie sich nieder, es war ihr Stammplatz. Dann bedankte sie sich überschwänglich und sagte mir, dass ihr seit Jahren kein so freundlicher Mensch mehr begegnet sei. Ich bekam feuchte Augen, so erschüttert war ich. Diese Frau ist kein Einzelfall.

Am Abend dieses Tages ging ich in ein „Self-Service-Restaurant" in der Parkavenue, Ecke 28. Street. Ein Essen kostete rund 3 bis 4 Dollar. Das Restaurant war sehr sauber und die Speisen von vorzüglicher Qualität. Jeder bekam am Eingang einen Verzehrbon, der von der Bedienung entwertet wurde. Beim Verlassen des Restaurants bezahlte man an der Kasse. Im Restaurant stand an einer Seitenwand eine lange Edelstahltheke mit allem, was das Herz begehrt: Suppen, Fisch, Fleisch, Beilagen, Kuchen, Obst, Salate, Nachtische und Getränke. Man stellte sich sein Essen selbst zusammen. Es wurde von der Bedienung hinter der Theke ausgegeben und sie knipste den Preis in den Verzehrbon ein. Dann suchte man sich einen Tisch. Mineralwasser gab es umsonst. Es sprudelte, durch eine Fotozelle gesteuert, in den Becher. Beim ersten Mal stand ich vor diesem Wunder und suchte nach einem Wasserhahn oder Druckknopf. Noch verwirrter wurde ich, als ein anderer Gast einfach seinen Becher unter den Auslauf hielt, und das Mineralwasser lief wie Zauberei heraus. Ganz vorsichtig kopierte ich den Vorgang, und es klappte. In Deutschland war um 1976 das Anwenden von Fotozellen im Gaststättengewerbe ja noch unüblich. Auch auf den Toiletten wurden die Wasserhähne der Waschbecken, die Heißlufthändetrockner und das Spülen der Pinkelbecken über Fotozellen gesteuert. Ich war von der Sauberkeit des Lokals und der Qualität der Speisen so angetan, dass ich zum Essen bei diesem Restaurant blieb. Vor allen auch, weil die Preise zivil waren. Für 10 Dollar, 25 DM, konnte ich mir ein großes Festessen zusammenstellen, für 3 bis 5 Dollar bequem satt werden.

Gefühlsmäßig war die Atmosphäre in Manhattan spannungsgeladen. Eine Mischung aus Angst, Übermut, Reichtum, Luxus, Laster, Triebhaftigkeit, Hektik und Armut. Nach allen Seiten hin Superlative. Geld ist das Motto, Genuss und Überfluss das Ziel, die Gosse für die Ärmsten und Alten das Zuhause. Zu kurz kommen der Geist und die Beschaulichkeit. Woher die latente Angst kam, weiß ich nicht genau. Wahrscheinlich waren es das Neue, die ungewohnte Atmosphäre, die geschäftige Lebendigkeit und die krassen Gegensätze, die auf mich beängstigend wirkten. Dazu kommt die Ausstrahlung der Polizei, richtig zum Fürchten. Ihr Verhalten stimmt in vielem mit den Spielfilmen überein, die man in Deutschland über Amerikas Polizei sieht. Schon die Ausrüstung eines Polizisten ist beklemmend. Was baumelt da alles herum: ein riesiger Colt mit Patronengurt, ein Knüppel, eine Taschenlampe, ein Sprechfunkgerät, eine Trillerpfeife, ein

Sheriffstern, ein Schlüsselbund, eine Tasche mit Notizbüchern und Bleistiften, und nicht zu vergessen, die Handschellen und das Respekt einflößende Auftreten. Damit verglichen wirkt ein deutscher Polizist wie ein braves Heinzelmännchen in Uniform.

8. Ein Weißkopfadler in Manhattan, das Wappentier der USA **9.** Zwei Polizisten; sie sehen nur deshalb so harmlos aus, weil ich sie heimlich von hinten aus großem Abstand fotografierte

Am späten Abend, es war bereits dunkel, kehrte ich in mein Hotel zurück. Von draußen musste ich klingeln, dann wurde die Tür mit einem Summer freigegeben und ich stand im Empfangsflur direkt gegenüber der Loge des Nachtportiers. Sie befand sich an der Stirnseite des Flures. Der Nachtportier beäugte mich misstrauisch, rief einen Bekannten, schnappte sich einen scharf angeschliffenen Schraubenzieher und beide brachten mich mit dem Aufzug zu meinem Zimmer im vierten Stock. Erst als ich den

Schlüssel aus der Tasche zog und die Zimmertür aufschloss, entspannten sie sich und verzogen ihr Gesicht zu einem verbindlichen Lächeln. Schon der Service mit dem Aufzug war mir unheimlich. Normalerweise benutzten die Gäste des Hotels die Treppe. Sie ging vom Hausflur aus in die Etagen. Zur Treppe gelangte man nur durch eine Zwischentür, die ebenfalls vom Portier mit Summer freigegeben wurde. Von innen hatte die Tür eine Klinke, das heißt, das Verlassen des Hotels war einfacher, als das Betreten. Besser kann man nicht beschützt sein, dachte ich so im Stillen.

Am nächsten Tag, es war mein dritter im Manhattan, brachte ich System in meinen Tagesablauf. Eine typisch deutsche Eigenart, wie mir scheint. Ich informierte mich anhand des Stadtführers, des Stadtplanes und des Verkehrsnetzes über die Sehenswürdigkeiten und verteilte sie, erst einmal prophylaktisch, auf die nächsten Tage. Diese Methode erwies sich als sinnvoll, ich verzettelte mich wenigstens nicht. Noch am gleichen Tag bummelte ich durch den „Central Park" mit seinen Felsen, Wiesen, Sportplätzen, Teichen und einem kleinen Zoo. Dann besuchte ich das „Museum of Modern Art" mit seiner Gegenwartskunst. Zur Entspannung ist im Innenhof des Museums ein kleiner Park mit Wasserfall und Sitzgelegenheiten. Am späten Nachmittag wurde ich so müde, dass ich zum Hotel zurückging und in einen tiefen, erholsamen Schlaf fiel. Gegen Abend, es war schon nach 22 Uhr, wachte ich auf und wollte essen gehen. Mein „Self-Service-Restaurant" hatte ja bis 2 Uhr geöffnet. Im ersten Stock stand ein verzweifelter Nachtportier vor dem Aufzug, der seinen „Geist" *aufgegeben hatte. Ich sah auf Anhieb, dass der Türkontakt verbogen war.* An jeder Aufzugstür ist ein Türkontakt, der mit allen anderen Aufzugstüren in Reihe, sozusagen hintereinander, geschaltet ist. Nur wenn alle Kontakte geschlossen sind, also in allen Etagen die Türen zu sind, fährt der Aufzug. Da der Kontakt an der Tür, vor der der Nachtportier stand, verbogen war, konnte der Stromkreis nicht geschlossen werden und der Aufzug stand. Ich sagte zu dem Nachtportier, dass ich Aufzugsmonteur sei und ihm den Aufzug reparieren könne. Dann holte ich mein Taschenmesser aus der Tasche, bog den Türkontakt gerade, und alles war wieder heile. Welch ein Wunder, auf einmal sprach der Nachtportier deutsch. Er erzählte mir, dass er Grieche sei und schon viele Jahre in New York lebe. Deutsch hätte er von seiner deutschen Mutter gelernt. Ich nutzte die Gunst der Stunde und bot ihm an, den Aufzug durchzuchecken. Wir fuhren von Etage zu Etage, ich fummelte und schabte überall etwas herum und ließ ihn bei offener Tür ein wenig hin und her fahren, indem ich den Türkontakt mit einem Draht überbrückte. Das imponierte ihm, und so wurde ich der Freund vom Nachtportier vom Elton Hotel. Ein größeres Glück konnte mir nicht widerfahren. Diese Bekanntschaft entwickelte sich zu meinem schönsten Erlebnis in New York. Von 23 Uhr bis morgens um 4 Uhr saß ich Nacht für Nacht mit dem Portier in seiner Loge und erlebte greifbar nahe das Rotlichtmilieu.*

Im Hotel war ich der einzige Auslandstourist und hatte quasi die Alibifunktion, dass es sich um ein seriöses Hotel handelte. Die meisten Zimmer waren von Dauermietern belegt. Es waren alte

Leute, die sich das Hotel gerade noch leisten konnten. Eine eigene Wohnung mit Nebenkosten wäre teurer gewesen, und sie hätten nicht den Schutz gehabt wie in dieser gut bewachten Bleibe. Die Zimmer in den unteren Etagen wurden stundenweise an Nutten und ihre Freier vermietet. Im Bereich des Hotels schafften acht zauberhafte Nutten an. Eine Weiße, eine Schwarze und sechs Mulattinnen. Sie waren so zwischen 17 und 24 Jahre alt und eine schöner als die andere. Als lazives Titelbild wären sie für Publikumszeitschriften eine Zierde gewesen. Die Nutten wirkten auf mich anders als die in Deutschland, in Berlin, Hamburg oder München. Sie strahlten eine exotische, frische, jugendliche Lasterhaftigkeit aus. Die in Deutschland wirkten dagegen hausbacken, mehr liebevoll-tröstend mit Sex-Appeal. Dieser andere Eindruck kann aber auch an dem „Auslandsbonus" liegen. Als Freund des Nachtportiers hatte ich einen „Schutzbrief". Ich konnte mich zu jeder Tages- und Nachtzeit unbelästigt im „Revier" bewegen. Die Zuhälter, die Nutten und wer noch so alles zur Halbwelt gehörte, kannten mich, grüßten mich freundlich und behandelten mich wie einen Gast mit gutem Leumund. Da ich für die Nutten kein Freier, ihnen aber wohlgesonnen war, entspann sich sogar eine scherzhafte Kommunikation. Wenn ich mal eine fragte „Na, wie war's", spuckte sie bedeutungsvoll auf den Fußboden. Das Geschäft von der Portiersloge aus erlebt, war hochinteressant.

Das Preisniveau der Nutten lag bei 25 Dollar für ein Stößchen von rund 30 Minuten. Dazu kamen 15 Dollar für das Zimmer, falls der Freier darauf Wert legte. Häufiger war ein Quickie im

Auto, der für Kenner des Milieus ebenfalls bei 25 Dollar lag. Die Hauptstoßzeit war zwischen 23 Uhr und 4 Uhr morgens. Nebenstoßzeiten gab es morgens gegen 8 Uhr, vor dem Arbeitsbeginn und in der Mittagspause. So mancher berufstätige Familienvater entspannte sich auf diese Weise vom häuslichen Herd und Arbeitsstress. Die Zuhälter schafften, vor allem im Nachtbetrieb, an. Sie handelten mit den Kunden die Preise aus und steckten sich alles, was über 25 Dollar war, als Bonus ein. Die Nutten erhielten ihre 25 Dollar. Ob sie von ihren Einnahmen Schutzgelder an ihre Zuhälter zahlen mussten, weiß ich nicht. Danach zu fragen traute ich mich nicht, um keinen Argwohn zu erwecken. Es gab ja auch so genug zu sehen und aufzuschnappen. Die Einnahmen unserer Liebesdienerinnen lagen bei 250 bis 300 Dollar pro Schicht. Im Schnitt bediente jede zehn Kunden. Bei 300 Arbeitstagen im Jahr also rund 3000 Kunden. Das entsprach einem Jahreseinkommen von schätzungsweise 75 000 Dollar, also 180 000 bis 200 000 DM. Ich hatte einen recht guten Überblick, weil viele ihre Einnahmen bei dem Portier zur Aufbewahrung hinterlegten. Sie hatten selbst Angst, bestohlen zu werden. Leicht verdient war das Geld nicht, mir lief es bei manchem Freier eiskalt den Rücken herunter. Wer zahlte, wurde bedient, ohne Rücksicht auf Aussehen, Alter und Verwahrlosung. Von Liebe und Gefühl natürlich keine Spur. Das gab es nur in der Fantasie der Kunden.

Bemerkenswert ist der psychologische Aspekt. Von 100 Kunden hatten 90 Ängste und waren unsicher. Die meisten waren Touristen, die etwas erleben wollten, denen das Milieu aber fremd war. Es hatte den Anschein, dass es sich um multiple Ängste handelte, eine Mischung aus: bestohlen oder übervorteilt zu werden, zu versagen, sich eine Geschlechtskrankheit zu holen und in irgendwelche Schwierigkeiten zu geraten. Viele schämten sich auch, und es war ihnen peinlich. Entsprechend verhielten sie sich barsch oder kleinlaut mit allen Schattierungen, gemäß ihrem Charakter. Besonders ängstigten sich die Kunden davor, das Anmeldeformular für das Zimmer auszufüllen, obwohl jeder hinschreiben konnte, was er wollte. Er brauchte sich nicht auszuweisen. Diese Formalität war wegen der gesetzlichen Bestimmungen erforderlich. Ein Zimmer zu mieten und darin zu tun was einem beliebt, war legitim. Jedoch ohne vorschriftsmäßige Anmeldung konnte das Hotel bei einer Überprüfung Schwierigkeiten bekommen. Schätzungsweise zehn Prozent der Kundschaft waren Stammkunden, die sich auskannten. Sie kamen mit einer oder zwei Nutten ins Hotel, scherzten, waren locker, genossen die Situation und ihre Potenz.

Überraschend für mich waren auch die Zuhälter. Sie waren keine Rambos wie im Film, mit Goldkettchen behangen und wie Papageien aufgeputzt. Auch fuhren sie nicht mit protzigen Straßenkreuzern vor. Sie sahen aus wie gutgekleidete, gutgestellte Durchschnittsbürger und verhielten sich kameradschaftlich. Ein kleiner, schlaksiger Schwarzer brachte uns immer Sandwichs und Cola mit und war zu einem Schwätzchen aufgelegt. Er mache das große Geld und sei nicht ungefährlich, sagte mir der Portier. Zwei andere in seriöser Kleidung und geschniegelt standen in der Nähe des Hotels, durften es aber nicht betreten. Als ich den Portier fragte weshalb, antwortete er, „die sind aus der Bronx und wollen Nutten abwerben. Der eine hat zwar einen Revolver, kann damit aber nicht umgehen und der andere ist sein Leibwächter. Sie haben hier nichts zu suchen". Der Portier selbst hatte als Waffen zwei Baseballschläger und seinen angeschliffenen Schraubenzieher in Reichweite. Damit konnte er offenbar umgehen. Nach einer Woche machte der Portier mir ein Sonderangebot. Ich könne mir ein Mädchen aussuchen, brauche nur 20 Dollar bezahlen und könne mein eigenes Zimmer benutzen. Das war wirklich großzügig, praktisch der halbe Preis, das Zimmer berücksichtigt. Aber ich hatte bereits zu viel vom Gewerbe gesehen, um noch auf diese Weise einzusteigen. Auch hatte ich Angst davor, meine geplante Reise durch eine eventuelle Geschlechtskrankheit zu gefährden. Später habe ich meine Zurückhaltung bedauert, denn in punkto Liebe waren die folgenden Monate äußerst lau.

Morgens stand ich infolge meines Nachtlebens erst spät auf und machte die üblichen Touristentouren. Ich besuchte Museen, wie das „Metropolitan Museum" mit Kunstwerken, Skulpturen, Waffen und Ritterrüstungen aus aller Welt. Die Amerikaner haben überall die besten Stücke aufgekauft. Auch das „Whitney Museum of American Art" mit der amerikanischen Geschichte vom 18. Jahrhundert bis zur Gegenwart und das „New Yorker Museum" mit der Stadtgeschichte gehörten zum Programm.

Ein besonderer Genuss war die „Radio City Music Hall". Auf dem Programm stand gerade die Show „The Blue Bird". Der Eintritt kostete vier Dollar. Es gab keine Kleidervorschriften und keine Platzkarten, und das Programm dauerte vier Stunden. Es liefen mehrere Vorstellungen hintereinander. Man konnte, wie im Zeitkino, zu jeder Zeit eintreten. Auf der Bühne, es soll die größte der Welt sein, konnten 36 Girls nebeneinander tanzen. An beiden Seiten der Bühne stand eine Orgel. Am Anfang jeder Vorstellung rollte das Orchester während der Ouvertüre auf der Bühne nach vorne und wurde dann auf halbe Höhe abgesenkt. Das Programm enthielt einen Film „The Blue Bird" mit Elizabeth Taylor, Jane Fonda und Ava Gardner. Weiterhin Ballett, Clowns und Artistik. Ein Musikteil „Von Bach bis Bacharach", unter anderem mit Musik von Edvard Grieg, Gershwin und bekannten Jazzkompositionen, rundete das Programm ab. Es war überwältigend.

Viele Amerikaner haben eine große Schwäche für klassische Musik. Sogar Straßenmusikanten spielen Bach, Beethoven und Mozart und verdienen gut damit.

An einem Abend machte ich eine Stadtrundfahrt mit dem Linienbus. Vom Süden Manhattans, der Freiheitsstatue, bis in den Norden, dem Stadtteil Harlem, konnte man für nur 50 Cent mit dem Bus fahren und zurück, auf einer anderen Route, ebenfalls für 50 Cent. Als ich an der Endstation in Harlem ausstieg, war es fast dunkel, und ich war weit und breit der einzige Weiße. Ich sah schnell auf die Karte und orientierte mich, wo der Bus für die Rückfahrt abfuhr. Ich musste zu einer parallelen Avenue, mitten durch Harlem. An einer Straßenkreuzung, wo ich auf Grün wartete, raunte mir eine ältere, schwarze Frau zu „What are you *doing here?"* (Was machst du denn hier?). *Das schlug mir aufs Gemüt. Die Straßen waren belebt, ein Getümmel voller Schwarzer. Was ich so aus den Augenwinkeln erhaschte, wirkte wie ein großer, bunter Jahrmarkt. Gerne hätte ich mich ein wenig umgesehen, aber mein Instinkt war stärker als meine Neugier. Ich ging, jeden Blickkontakt vermeidend und nirgends anrempelnd, so flott wie möglich zur nächsten Bushaltestelle. Der Bus kam auch gleich, und ich war ganz froh darüber. Später sagte mir mein Nachtportier, dass ich Glück gehabt hätte. Die Weißen meiden Harlem bei Nacht.*

Der Kontakt zwischen Schwarzen und Weißen war problematisch. Die Schwarzen waren sehr misstrauisch und empfindlich, die Weißen oft überheblich. Einmal unterhielt ich mich mit einem schwarzen Lehrer in einer Bierkneipe. Dann, ich weiß nicht warum, schenkte ihm der Wirt kein Bier mehr aus. Ich gab ihm ein Bier aus, und als ich ging, sagte der Wirt zu mir, ich brauchte nicht mehr wiederkommen. Für den nächsten Tag hatte ich mich mit dem Schwarzen verabredet und kam zehn Minuten zu spät, da war er bereits gegangen. Mit großer Wahrscheinlichkeit empfand er meine Unpünktlichkeit als Diskriminierung. Im Allgemeinen hatten die Schwarzen eine bessere Einstellung zu Europäern als zu ihren eigenen weißen Landsleuten.

Meine New Yorker Tage neigten sich dem Ende zu. Am Donnerstag, den 10. Juli, holte ich mein Auto vom Hafen ab. Da stand nun mein Büschen. Der Zündschlüssel steckte verkehrt herum im Zündschloss und bis auf die festen Einbauten, den

Dachgepäckträger mit Plane und den angeschraubten Ersatzrädern, war es ratzekahl leer. Sogar der Feuerlöscher war abgeschraubt und der kleine Kompass am Armaturenbrett herausgerissen. Mit dem Versicherungsschein in der schwitzenden Hand ging ich zur Schifffahrtskompanie und verlangte eine Erklärung. Man teilte mit, dass ich zwar die Überfahrt für das Auto bezahlt hätte, aber nicht für das Reisegepäck. Ich könne meine Ausrüstung entweder per Schiff für 135 Dollar oder per Flugzeug für 250 Dollar nachkommen lassen. Die Begründung der Schifffahrtskompanie war einleuchtend. Sie sagten mir, dass das Auto ja in Liverpool und in New Jersey einige Tage am Hafen stehen würde und außerdem noch auf dem Schiff für jedermann zugänglich sei. Erfahrungsgemäß würde alles gestohlen, was nicht niet- und nagelfest sei. Deshalb hätte die Schifffahrtskompanie mein gesamtes Gepäck in Liverpool ausgeladen und in eine Kiste verpackt. Das Verlustrisiko sei zu groß. Ich entschloss mich, die Ausrüstung per Schiff nachkommen zu lassen. Da ich nun wenigstens das Auto hatte, machte ich eine Kurzreise. New York war mir zu teuer und wurde allmählich langweilig. Vorerst musste ich noch eine Haftpflicht-Autoversicherung abschließen. Sie war nicht gerade billig, und ich nahm sie nur für drei Monate. Der Grund war, dass im Bundesstaat (Gouvernement) New York und in Kanada eine Autoversicherung Pflicht war. In den anderen Bundesstaaten der USA benötigte man keine.

Mein erster Kurztrip

Vom 13. bis 24. Juni machte ich die Rundreise: New York - Niagara Fälle - Montreal - New York. Die ländlichen Gegenden strahlten Ruhe und Freundlichkeit aus. Auf den Campingplätzen findet man das Toilettenpapier wieder dort, wo es hingehört, und die Menschen sind neugieriger und aufgeschlossener als in den Großstädten. Die Seen, wie der Lake Ontario (Ontariosee) und der Lake Erie (Eriesee) sind gewaltig. Sie erinnern an die Ostsee bei ruhigem Wetter. Die Campingplätze sind sehr groß und haben häufig einen Rundkurs, an dem auf beiden Seiten des Fahrweges die Camps abzweigen. Die einzelnen Camps liegen 20 bis 40 Meter auseinander. Ob man einen Nachbarn hat, hört man oft nur am Holzhacken. Jedes Camp hat eine plane Fläche mit einem in den Wind drehbarem Grill, einer Feuerstelle, einem großen, rechteckigen Tisch mit Seitenbänken, oftmals Stromanschluss und einem Mülleimer an der Zufahrt. Die sanitären Einrichtungen, Holzplätze und Wasserstellen findet man im Umkreis von 50 Metern. Alles ist sehr sauber, gepflegt und funktionsgerecht. Mitunter sind die sanitären Einrichtungen „offen". Die Toiletten, Duschen und Waschräume haben keine Türen. Daran muss man sich erst gewöhnen. Da eine Übernachtung 3 bis 5 Dollar kostet, benutzte ich die Campingplätze nur, wenn ich den Service unbedingt brauchte. Also zum Wasser fassen, warm duschen, Wäsche waschen, einkaufen und wenn ein Großputz angesagt war. Schaut man sich rechtzeitig nach einem Camp um, findet man immer ein schönes Plätzchen in der freien Natur.

10. Stimmungsbild am Ontariosee in Kanada 11. Ein Campingplatz mit viel Platz 12. und 13. Zwei typische Camps

Eines Abends fand ich eine wunderschön gelegene Bucht am Lake Ontario und erhielt Besuch. Nicht weit von mir lief eine Riesenfete. Es kamen immer mehr poppig angemalte Vans und Straßenkreuzer angefahren. Alle Musikanlagen wurden aufgedreht und

ein mächtiges Feuer entfacht. Als ich dazu kam, war die Fete in vollem Gang. Fast alle rauchten Shit (Marihuana), die Pfeifchen und Joints kreisten. Auch ich bekam einen Joint angeboten und zog unbeholfen daran, sehr zur Belustigung der Anwesenden. Dann sagte ich, dass ich nun „high" sei, und sie empfahlen mir, im Wasser zu waten. Das tat ich auch gutmütig. Gegen Mitternacht zog ein Gewitter auf, und alle waren blitzartig verschwunden. Sie wussten, was sich da zusammenbraute. An den großen Seen sind oft gigantische Gewitter. Ich saß im Auto und erlebte das Gewitter durch die Windschutzscheibe. Die Blitze zuckten in so kurzen Abständen, dass die Nacht taghell schien. Dazu das ohrenbetäubende Donnern und die Blitzeinschläge sowie das Trommeln des Regens. Ein Gewitter von derartiger Urgewalt hatte ich noch nie erlebt. Ich redete mit ganz fest ein, dass ich geschützt in einem Faraday'schen Käfig sitze. Nur der feste Glaube an die Wahrhaftigkeit der Physik ermöglichte es mir, dieses Naturschauspiel zu genießen.

Die Niagarafälle waren ein Reinfall. Sie wirkten auf mich wie ein großer Staudamm der überlief. Das lag daran, dass die Wasserfälle im Halbkreis von Promenaden, Mäuerchen, Fernrohren, Imbissbuden und Souvenirläden umgeben waren. Von der kanadischen Seite aus waren sie eindrucksvoller. In meiner Fantasie, die von Prinz Eisenherz, der Schule, den Erzählungen und Bildern geprägt war, lagen die Fälle in wildromantischer Natur und waren nicht „gezähmt". Eingepasst in die Touristenkultur verloren sie für mich ihren Reiz.

Toronto und Montreal hauten mich auch nicht vom Hocker. In Toronto waren gerade Markt und ein Musikfestival. Es sah so aus, wie überall auf der Welt. Nur Verkaufsbuden und Gewühle und rumhopsende Fans. Ich kaufte mir ein kurzärmeliges Armeehemd von vorzüglicher Qualität. Es hielt über 20 Jahre und sah immer noch sehr gut aus, nur ich war zu dick geworden. Deshalb landete es mit einem weinenden Auge in der Kleidersammlung. Von Montreal aus fuhr ich durch den Bundesstaat New York und die Städte Plattsburg und Albany direkt zum Hafen von New Jersey in New York. Auf der Fahrt bekam ich Probleme mit der Zündung. Jedes Mal, wenn ich sie exakt eingestellt hatte, lief der Motor einige Kilometer astrein, dann stotterte er wieder. In Plattsburg reichte es mir, und ich stotterte im 2. Gang zur nächsten Reparaturwerkstatt. Der Zündverteiler wurde ausgetauscht und all das gemacht, was ich auch schon ein paar Mal versucht hatte. Nach dem Diagnosegerät lief der Motor einwandfrei. Ich sagte dem Monteur, dass ich das alles kenne, es müsse einen anderen Grund geben, weshalb der Motor nicht richtig laufe. Er antwortete mir, er könne höchstens noch auf Verdacht die Zündspule auswechseln, vielleicht würde sie nicht mehr richtig arbeiten. Darauf kam es nun auch nicht mehr an. Mit der neuen Zündspule schnurrte mein Bus ab wie eine glückliche Hummel. Von da an hatte ich mit der Zündung nie wieder Probleme. Offensichtlich hatte die alte Zündspule im kalten Zustand einwandfrei gearbeitet, wenn sie warm wurde, hatte sie Aussetzer oder eine andere Macke.

Bei meinem Aufenthalt in Plattsburg lernte ich einen jungen Mann aus der Stadt Cleveland in Ohio kennen. Er sprach gut Deutsch, gab mir seine Adresse und lud mich ein. Seine Ureltern seien aus Deutschland ausgewandert, und seine Familie würde sich freuen, wenn ich sie besuchte. Wieder in New Jersey am Hafen erfuhr ich, dass mein Gepäck erst am 1. Juli eintreffen würde, und ich fuhr gleich weiter.

Mein zweiter Kurztrip

Vom 24. Juni bis 2. Juli machte ich eine kleine Rundreise durch Pennsylvania. Es hörte sich so schön nach Vampiren an. Der Trip: New York - Young Town - Scranton - New York. Im Grunde genommen wiederholten sich die Erlebnisse, nur die Natur war üppiger. Einige Tage verbrachte ich im „Allegheny National Forest" auf dem Campingplatz „Red Bridge". Es war eine herrliche Gegend mit einem großen Stausee, der zum Baden einlud, aber recht kalt war. Ich lernte ein Lehrerehepaar kennen, das mich zu einer Bootsfahrt einlud. Einige Tage später hätten die Camper auf dem Platz mich am liebsten gelyncht. Ich machte an einem extrem schwülen Tag, mit einer Luftfeuchtigkeit, die an feinen Nieselregen grenzte, einen Spaziergang am See. Das Wasser verlockte mich zum Baden, und da niemand in der Nähe war, zog ich mich aus und sprang in den See. Als ich zu meiner Kleidung zurück schwamm, standen einige Kinder am Seeufer und schauten mir zu. Sie bewunderten meine Schwimmkünste. Kaum stieg ich aus dem Wasser und sie sahen, dass ich keine Badehose anhatte, rannten sie schreiend und kreischend ins Camp zurück zu ihren Eltern. Der ganze Campingplatz war in Aufruhr, und die Camper standen drohend an der Zufahrt zu meinem Camp. Rauf traute sich zum Glück keiner, denn in Amerika ist das Camp vergleichbar mit der eigenen Wohnung in Deutschland und das Betreten wäre „Hausfriedensbruch" gewesen. Ich packte schleunigst meine Sachen zusammen und fuhr weg. Jeglicher Erklärungsversuch wäre sinnlos gewesen, ich hatte eklatant gegen die guten Sitten verstoßen, und wer weiß, gegen welche Tabus noch. Dass ich überhaupt weg kam, war wohl nur der Tatsache zu verdanken, dass ich Ausländer war und die Gastfreundschaft eine maßgebliche Rolle spielte. Nudismus ist in dem puritanischen Pennsylvania eine Todsünde, wie in vielen anderen Bundesstaaten auch. Pack die Badehose ein ist das erste Gebot für Amerikareisende. Selbst das Pinkeln an einen Baum verstößt bereits gegen die guten Sitten.

Die 200-Jahr-Feier in New York

Am 2. Juli holte ich mein Reisegepäck im Hafen ab. Es fehlte nichts. Ich zahlte insgesamt 145 Dollar für die Transportkiste, und nachdem ich sie ausgepackt hatte, kam ein Hafenarbeiter auf mich zu und sagte zu mir, ich müsse die Kiste mitnehmen, sie würden meinen Dreck nicht wegräumen. Dabei sah jeder, dass ich für die Kiste keinen Platz hatte. Ich nickte mit dem Kopf und sagte, dass ich nur wenden wolle, um besser an die Rampe zu kommen. Dann fuhr ich flott davon. Die Nacht vom 2. zum 3.

Juli stand ich in einer Autoschlange am Hudson River, ein breiter Strom, der zwischen den Bezirken Manhattan und New Jersey durch New York fließt. Am Ufer des Hudson waren einige Picknickareas für zwei Tage zum Campen freigegeben, weil am 4. Juli, zur 200-Jahrfeier, dem Tag der Unabhängigkeitserklärung, eine Parade von Segelschiffen aus aller Welt den Hudson hinauf segelte. Der 4. Juli war Nationalfeiertag und Volksfest. Die Segelschiffparade sowie ein Feuerwerk am Abend gehörten zu den Höhepunkten. Die wenigen großen, alten Segelschiffe waren imposant. Die paar hundert kleinen Schiffchen, die mitschipperten, wirkten eher störend. Aber dabei sein ist alles. Das schönste Erlebnis war „Camille". Sie war eine junge Newyorkerin, die mit ihrer Familie den Tag auf der Picknickarea verbrachte. Wir beide saßen nebeneinander auf der Mole, ließen die Beine baumeln, sahen aufs Wasser und die Segelschiffe. Dann kamen wir miteinander ins Gespräch, und aus einer Laune heraus fragte Camille mich nach dem längsten deutschen Wort. Ich nannte ihr das Wort:

*Oberweserdampfschiffahrtsfahrpreisermäßigungs-
gesellschaftskapitän*

Natürlich wollte sie wissen, was das Wort auf Englisch heißt und sie wollte es auswendig lernen. Bis in den Abend hinein waren wir mit dem Wort beschäftigt und schmusten uns durch die Begriffe. Zum ersten Mal verlor ich in der Hitze des Gefechts meine Hemmungen vor der Sprache und lernte auf diese Weise den Umgang mit Worten und Umschreibungen - der Groschen war gefallen! Als der Familie unser Geplänkel zu bunt wurde, rief sie Camille zur Ordnung. Wir hatten uns zwar für den späten Abend verabredet, aber leider versetzte Camille mich. Es wäre so schön, so schön gewesen.

14. Das Feldstechermotiv von Camille in Manhattan, der Central-Park **15.** Camille am 4. Juli 1976 auf der Mole am Hudson, gegenüber von Manhattan in Jersey

Von New York bis Yellowknife

Am Morgen des 5. Juli ließ ich die Stadt New York endgültig hinter mir. Ich fuhr durch die Bundesstaaten New York, Ohio und Michigan in den USA und weiter in Kanada durch die Provinzen Ontario, Manitoba, Saskatchewan und Alberta in die Northwest-Territories bis zur Hauptstadt Yellowknife am Großen Sklavensee, dem Great Slave Lake. Ich hatte durch das Warten auf mein Reisegepäck fast drei Wochen verloren und musste mich sputen, denn im Oktober konnte es im Norden bereits frisch werden.

Am ersten Tag fuhr ich rund 400 Kilometer und hörte am Abend im „Allegany State Park" Ochsenfrösche quaken. Wirklich täuschend ähnlich. Zwei Tage später besuchte ich die Familie Thiemens in Cleveland Ohio. Ich wurde aufgenommen wie ein verloren geglaubter Sohn aus Deutschland. Die Adresse hatte ich, wie bereits erwähnt, von ihrem Sohn in Plattsburgh erhalten. Der Vater besorgte mir sogar ein Distanzstück für meine Propangasflasche - das war nicht so einfach, er bastelte es auf Arbeit zusammen. Ich hatte am Flaschenanschluss das metrische Gewinde und brauchte ein Zwischenstück, um die amerikanischen Gasflaschen mit Zollgewinde mit meinen Geräten (Kocher, Kühlschrank, Lampe) verbinden zu können. Mit guten Wünschen begleitet fuhr ich nach zwei Tagen weiter.

In Michigan bei „Bay City" am Lake Huron lernte ich einige Countrymusiker kennen. Sie luden mich zu einer Hochzeit ein, und ich tanzte mit der etwa 60 Jahre alten Braut und dem gleichaltrigen Bräutigam Square dance. Sie sahen in mir ein gutes Omen, und wir feierten bis in den Morgen. So eine ländliche Hochzeit ist von herzlicher Schlichtheit.

Am nächsten Tag ging es über die Grenzstation bei der Stadt „Sault Ste Marie" nach Ontario in Kanada und bleifußartig weiter durch Manitoba und Saskatchewan. Einige Male nahm ich Tramper mit, um ein wenig Zerstreuung zu haben. Sie waren fast alle nach spätestens fünf Minuten eingeschlafen und wachten nur auf, wenn ich anhielt. Winnipeg in Manitoba war eine Enttäuschung. Fantasie und Wirklichkeit spielten mir wieder einmal einen Streich. In der Schule hatte ich gelernt, dass Winnipeg der Hauptumschlagplatz für Weizen in Kanada sei. Es gäbe in Manitoba Weizenfelder, die wie ein wogendes Meer bis zum Horizont reichten. Das ist totaler Quatsch. Es gibt zwischen den Feldern Ortschaften, landwirtschaftliche Betriebe, Straßen, Feldwege, Geräteschuppen, Speicher und Waldstreifen. Aber nirgends ein geschlossenes Weizenmeer bis zum Horizont.

Jeder Lehrer, der seinen Schülern solchen Unsinn erzählt, müsste bei jeder Lüge, die er verbreitet, einen Stromstoß erhalten, dass ihm der Kopf wackelt. Es ist mir so oft im Leben widerfahren, dass das von Lehrern vermittelte Wissen mit der Wirklichkeit nicht übereinstimmte, dass ich allmählich zu der Überzeugung gelangt bin, dass nur Trottel im Lehrerberuf Chancen haben. Ein Lehrer soll Wissen vermitteln und keine Märchen erzählen! Wer mit Lügen seinen Unterricht interessant gestalten muss, weil es zu mehr nicht reicht, der sollte lieber Kohlen schippen, statt Kinder aufs Leben vorzubereiten. Schon Plato wusste, wie wichtig gute Lehrer sind, nur wir haben es bis heute weder begriffen noch umgesetzt.

Die nächsten drei Wochen verliefen in harmonischer Monotonie. Täglich fuhr ich 400 bis 600 Kilometer. Ab 16 Uhr hielt ich nach einem Lagerplatz Ausschau und die anfallenden Arbeiten sowie Probleme wurden zur Gewohnheit. Ein- bis zweimal wöchentlich kaufte ich im Supermarkt preiswert ein. Nach kurzer Zeit war das so eingespielt, dass ich nichts mehr vergaß. Fast täglich gab es Steak mit Zwiebeln und Beilagen - Reis oder Kartoffeln und Gemüse. Das war vergleichsweise preiswert. Es gab „Roundsteaks" so groß wie Klosettdeckel. Ein Steak reicht für drei bis vier Mahlzeiten. Die Picknickareas hatten fast alle ein Holzhaus mit mehreren Herden zum Kochen. Die Herde wurden mit Holz beheizt. Es war auch kein Problem, auf dem Grill oder am offenen Feuer zu kochen. Zum Kochen am offenen Feuer ist eine satte Unterglut notwendig. Hatte ich am Nachmittag einen geeigneten Platz gefunden, machte ich als erstes ein Feuer, und nach 2 bis 3 Stunden wurde dann gekocht. Einen Rost hatte ich dabei, und ein paar Steine als Auflagen fanden sich überall. Die Glut wird auseinander gezogen und lässt sich durch Nachlegen kleiner Holzscheite oder Verteilen beinahe wie ein Gasherd regeln. Bei zartem Gemüse kann man ja auch noch den Rost höher legen. Mit Routine und Erfahrung lässt sich fast alles schnell und ohne großen Aufwand zubereiten.

In Alberta, ich war bereits in den Ausläufern der Rocky Mountains, hatte ich mit einem Tramper großes Glück. Er war jung, pfiffig und reiseerfahren. In jeder Situation wusste er, was zu tun ist, und jeder Handgriff saß. Am ersten Abend machte er sofort nach dem Aussteigen Feuer und holte Wasser. Wir arbeiteten Hand in Hand, als wenn wir schon seit Jahren zusammen reisten. Er kochte für sich selbst und erzählte mir, dass er Jude sei und kein Fleisch äße. Während des Kochens stieg ihm jedoch der Duft meines Steaks allzu appetitlich in die Nase, und auch ich *fand sein Gericht durchaus lecker. Kurz entschlossen tauschten wir. Er war eins von den schwarzen Schafen mit weißer Wolle, die es in jeder Religion gibt. Ich bin überzeugt, dass keiner der amerikanischen Juden, die ich kennen lernte, aus Glaubensgrundsätzen verhungert wäre oder sonstigen Schaden genommen hätte.*

Am nächsten Tag, während der Fahrt, klagte ich ihm mein Liebesleid. Bisher hätte ich in Amerika notgedrungen im Zölibat gelebt. Abends, nach dem Essen, verschwand er für zwei Stunden. Dann kam er mit einer Frau zurück und sagte zu mir, sie sei einem Schäferstündchen nicht abgeneigt. Mei, war das eine Freud! Er nahm sich seinen Schlafsack und legte sich vors Auto und ich streichelte im Auto das liebliche Schäfchen. Ich vermute, er hatte sich vors Auto gelegt, damit ich nicht heimlich mit dem Schäfchen durchbrannte und ihn zurückließe. Am nächsten Morgen ging ich zum See, um mich zu waschen. Das Wasser war eiskalt. Am gegenüberliegenden Seeufer endete ein Gletscher direkt im Wasser. Ich konnte nur kurz hineinspringen, mich nass machen und anschließend am Ufer einseifen. Danach zurück zum Abspülen und ich dachte, mich zieht's zusammen. Ich hatte mir auch die Haare eingeseift und bis ich die Seife ausgewaschen hatte, war mein Kopf ein Eisklumpen. Als ich nach der Morgentoilette zum Lager zurückkehrte, war mein süßes Schäfchen verschwunden. Mein „Judas" sagte mir, sie hätte gerade eine günstige Mitfahrgelegenheit wahrgenommen. So ganz koscher war mir seine Erklärung nicht. Ich vermutete, dass er sie vergrault hatte. Er ahnte, dass ich sie mitgenommen hätte und war wohl nicht allzu erpicht auf diese Variante. Im Grunde genommen hatte er Recht. Eine Frau und zwei Männer, das führt immer zu Spannungen.

Wir fuhren weiter, machten auf 3000 Meter Höhe eine Schneeballschlacht, und ich brachte ihn aus Sympathie bis zu seinem Bestimmungsort. Es war ein kleines Tal, durch das ein reißender Bach floss. Hier trafen sich, alle Jahre wieder zur gleichen Zeit, die Söhne und Töchter Jehovas aus den USA und Kanada zu einem Sommerlager. Er wurde mit Hallo begrüßt. Ich blieb nur bis zum nächsten Morgen, weil ich merkte, dass ich nun überflüssig sei. Einiges kuckte ich mir von den Jugendlichen ab. Sie wuschen ihre Wäsche im Bach. Die Kleider wurden an einen Strick gebunden und schwammen über Nacht in der Strömung. Am nächsten Morgen waren sie blitzsauber und wurden zum Trocknen aufgehängt. Als Unterkünfte bauten sie sich Windschutzecken. Zwischen zwei Bäumen befestigten sie in 1 bis 1,20 Meter Höhe einen Querstamm und legten schräg junge Fichtenbäumchen an diesen Stamm. Dadurch entstand ein windgeschütztes Dreieck. Der Boden wurde mit jungen, zarten Tannenzweigen gepolstert, auf die der Schlafsack gelegt wurde. Es roch sehr angenehm, und man lag wie auf einer Federmatratze. Die Rucksäcke mit den Lebensmitteln hängten sie in 6 bis 8 Meter Höhe zwischen zwei Bäume. An einem Baum wurde in über sechs Meter Höhe ein Seil befestigt. Dieses Seil wurde in gleicher Höhe bei einem anderen Baum über einen Ast gezogen. Das Seilende konnte man unten am Stamm befestigen. Ließ man das Seil locker, kamen die Rucksäcke zwischen den Bäumen herunter, und zog man es straff, *schwebten sie nach oben. Durch ihr Eigengewicht und den Durchhang des Seiles blieben sie in der Mitte zwischen den beiden Bäumen hängen. Dadurch waren die Lebensmittel unerreichbar für Bären, Nagetiere und Ameisen. Nicht einmal die frechen Raben trauten sich an die im Wind schaukelnden Rucksäcke. Man hätte noch ein nasses Handtuch über die Rucksäcke legen können, dann wäre durch den Wind ein Kühleffekt hinzugekommen. Bei den Jugendlichen handelte es sich offenbar um eine zusammengehörende Gemeinschaft mit irgendwelchen Vorsätzen. Vielleicht war es eine Art Reifeprüfung mit der Bedingung, dass sich jeder von seinem Heimatort ohne Geld durchschlagen musste oder etwas Ähnliches. Keiner hatte ein Auto, und die Ausrüstung war ausgesprochen spartanisch. Ihr Sommerlager lag in einer wildromantischen Landschaft und zog sich längs des Baches entlang. Stündlich trafen neue Gäste ein.*

Am nächsten Tag fuhr ich weiter bis zum „Jasper National Park". Im Radio hörte ich am Abend den Lockruf des Nordens. Er klang wie „Hagaschaka Huga Huga". In der Stadt Edmonton brauchte ich zwei neue Reifen und wollte bei dieser Gelegenheit einige Dinge überprüfen lassen. Deshalb fuhr ich zur Vertragswerkstatt von VW. Es war eine Katastrophe. Wäre ich nicht dabei gewesen, hätte ich für nichts bezahlt. Die beiden neuen Reifen wurden nicht ausgewuchtet, die Auswuchtmaschine sei kaputt - so fing es an. Den Zustand der Batteriesäure wollte der Autoschlosser mit dem Amperemeter messen, statt mit dem Säureheber zu überprüfen. Als ich ihm sagte, er solle den Ölluftfilter säubern, baute er ihn aus und spritzte ihn von außen ab. Ich er-

klärte ihm, dass er ihn innen säubern und frisches Öl einfüllen solle. Beim Ölwechsel löste er nur ein wenig die Ablass-Schraube. Ich verlangte, dass er eine neue Dichtung einsetzte und das Ölsieb reinigte. Zu guter Letzt drückte er mir noch einen viel zu hohen Luftdruck auf die Reifen, obwohl der maximale Reifendruck ganz groß auf jedem Reifen stand. Nachdem ich für diesen Pfusch 104,10 Dollar bezahlt hatte, fuhr ich erst einmal auf einen Campingplatz und überprüfte noch einmal alles, was der Autoschlosser in der Hand gehabt hatte.

Das Erlebnis war mir eine Warnung. Gerne wird zum Beispiel eine Schraube zwischen Getriebe und Motor weggelassen. Man muss sie nämlich vor dem Anflanschen einfädeln, sonst kommt man nicht mehr heran. Das wird leicht vergessen. Bei jeder Reparatur sollte man dabei sein und hinterher noch einmal alles gründlich überprüfen. Es ist ja ein Unterschied, ob man in einer Großstadt umherjuckelt oder in Gegenden, wo nur alle 300 Kilometer eine Tankstelle ist, oft nur notdürftig ausgerüstet.

Von Edmonton aus fuhr ich zu dem Ort Peace River und weiter in Richtung Norden auf dem Mackenzie Highway bis Yellowknife. Die Straße ab Peace River war der reinste Acker. Es hatte längere Zeit geregnet, und in allen Schlaglöchern stand das Wasser. Die Straße war eine Gravel Road. Das heißt, sie war unbefestigt und als Straßenbelag diente das Material aus der Gegend. Mal Splitt, mal festgewalzter Lehm, Kies oder Mischmasch. Beim ersten Gegenverkehr saß ich im Dunkeln. Ein Lkw hatte mir mit einem Schwapp die gesamte Windschutzscheibe mit dicker, rost-

brauner Lehmbrühe zugeschüttet. Danach schaltete ich bei Gegenverkehr die Scheibenwischer an und pumpte fleißig Wasser aus der Scheibenwischeranlage. Noch gefährlicher als die Gravel Roads waren die Straßenstücke mit Asphaltbelag.

16. Ein Wilder Wasserfall **17.** Blick in den Auslauf des Wasserfalls **18.** Telegrafenmasten entlang der Straße **19.** Am großen Sklavensee

Man denkt, jetzt kann man endlich mal flott fahren und plötzlich erfolgt ein kurzer, trockener, harter Schlag und man ist heilfroh, wenn das Rad noch am Wagen ist. Im Asphalt sind vereinzelt Schlaglöcher von 30 bis 50 Zentimeter Durchmesser, scharfkantig und tief. Es sind Frosteinbrüche. Wer da einmal durchfährt, wird anschließend sehr vorsichtig. In „Hotchkiss", einem kleinen Ort kurz vor den Northwest Territories, machte ich Station, kaufte Nahrungsmittel, tankte voll und füllte zwei Benzinkanister. Weiter im Norden kostet das Benzin den doppelten Preis. Wahrscheinlich wegen des aufwendigen Transports. Bei einem Trödler kaufte ich mir für sieben Dollar eine gebrauchte Holzfälleraxt. Sie hatte einen schlanken, sehr eleganten Stil und ein keilförmiges Blatt aus Schmiedestahl, das schon reichlich abgenutzt war. Die Axt lag wie angegossen in der Hand, und ich konnte mit ihr spielend ein 60 Zentimeter hohes Fichtenscheit mit einem Schlag in Längsrichtung spalten. Dazu gehört ehrlich gesagt nicht viel, es sieht nur gewaltig aus. In Hotchkiss gab es sogar Sauerteigbrot bei einem Bäcker, allerdings zu einem Traumpreis. Destilliertes Wasser für die Batterie fand ich beim Gemüsehändler, und alles war ein wenig anders. Auf einigen Picknickareas gab es zum Beispiel Plumpsklos ohne Zwischenwände. In dem länglichen Raum befand sich ein Brett mit Löchern. Die Benutzer saßen nebeneinander wie Hühner auf der Stange. Allein die Vorstellung, dort zu sitzen, mit dem Nachbarn um die Wette zu drücken und zu plaudern, ließ mich in die Natur ausweichen. Von Hotchkiss aus war es nicht mehr weit bis zum Grenzübergang in die Northwest Territories. Der Trip wurde zum absoluten Höhepunkt meiner bisherigen Reise. An der Grenzstation gab es eine

Tourist Information und ein kleines Museum. Das Prunkstück war ein gewaltiger, ausgestopfter Nordwolf. Er hatte Tatzen so groß wie meine geballte Faust, und die ist nicht klein. Jeder Tourist erhielt als Erinnerung einen „Order of Arctic Adventures". Der Text auf dem nett gestalteten Blatt lautet:

„Kanadas Arktische Northwest Territories bezeugen, dass Udo Kreh, nachdem er die Initiative, Integrität und kühnen Abenteuergeist der wahren arktischen Entdecker gezeigt hat, demnach anerkannt wird als ehrenwertes Mitglied des: 'Ordens der Arktischen Abenteurer'... gegeben unter Hand und Siegel des Chief Adventurer... Zeuge, Unterschrift, Stempel".

Das hört sich doch schon gut an. Bevor ich meine persönlichen Erlebnisse schildere, will ich auf einige grundlegende Dinge eingehen. An der Grenzstation erhielt ich alle erforderlichen Informationen, einen Camping- und Angelschein für das gesamte Gebiet sowie ausgezeichnete Karten, die sich nach Bedarf zusammenstellen ließen. Die Northwest Territories sind rund 14mal so groß wie Deutschland und haben nur 46 000 Einwohner. Es gibt nur eine Straße nach Yellowknife, die im Halbbogen um den Großen Sklavensee führt. Über den Fluss Mackenzie gab es 1976 einen kostenlosen Fährbetrieb. Von der Straße nach Yellowknife zweigen nur zwei Straßen ab. Eine in Richtung Osten nach Fort Resolution und Fort Smith und eine in Richtung Westen nach Fort Simpson. Die Straße nach Fort Simpson führt von dort aus in einem großen Rundkurs weiter. Die Gesamtlänge des Straßennetzes beträgt nur rund 1600 Kilometer. Das Hauptverkehrsmittel in den Northwest Territories ist das *Flugzeug.* Selbst der kleinste Ort mit nur ein paar Einwohnern hat ein kleines Rollfeld oder einen See für Wasserflugzeuge. Es gibt rund 50 Flugplätze, einen fahrplanmäßigen Linienverkehr sowie Charterflugzeuge. Es muss sehr schön sein, per Flugzeug dieses riesige Gebiet zu bereisen.

Die Campingplätze sind überall sehr gepflegt und sauber. Auf den Toiletten sind alle Fenster mit Fliegengittern versehen, es gibt Toilettenpapier und Reserverollen, die Sitze sind sauber geschrubbt, und mitunter findet man zur Erbauung eine kleine Bibel auf einem Bord. Das hat mich echt überrascht. Jeder kann überall in der freien Natur campen und sein Feuer machen. Das Feuer wird gehütet und hinterher mit Wasser oder Sand gelöscht, und die Umrandungssteine werden auf die Feuerstelle gerollt. Nirgends liegen Bierdosen, Glas, Papier oder andere Abfälle herum. Jeder sammelt sorgfältig seinen Müll ein und entsorgt ihn an einer dafür vorgesehenen Stelle. Die Forstverwaltung stellt Holz bereit, sorgt für Trinkwasser und hält den Campingplatz in mustergültigem Zustand. Überall herrscht Trappermentalität. Steht ein Auto am Straßenrand, hält man an und fragt, ob Hilfe benötigt wird. Das eigene Camp betritt niemand ungebeten. Es ist praktisch „Privatbesitz", wie das eigene Haus oder Eigenheim. Abgewiesen wird auch niemand, man bittet ihn sofort „herein". Das Klima ist sehr bekömmlich. Der 60. Breitenkreis ist eine Wetterscheide und je nördlicher man kommt, umso konstanter ist das Wetter. Ich hatte jeden Tag Sonnenschein, und nur sehr selten war ein kleines Sommergewitter. Die Tagestemperaturen lagen bei 20 bis 25 Grad Celsius, die Luft war klar und sauber. Um Mitternacht konnte ich noch ohne Kunstlicht lesen und am Himmel geisterten Nordlichter und andere Naturerscheinungen, zum Beispiel Spiegelungen.

Die Wildtiere haben noch ihre natürliche Scheu vor dem Menschen. Sie sitzen nicht am Straßenrand und warten auf Touristen, sondern reißen aus. Nicht ungefährlich ist es, wenn man zufällig in das Brutgebiet von Seeschwalben gerät. Sie steigen zu tausenden auf, fliegen im Sturzflug auf einen zu, knicken blitzschnell nach oben ab und bescheißen einen. Am besten, man zieht sich flugs das Hemd über den Kopf und verschwindet. Auf die gleiche Weise greifen die Seeschwalben auch Raben und Möwen sowie andere Tiere an, die in ihr Brutgebiet eindringen.

Die Landschaft ist eine gewaltige Seenplatte mit Überläufen und kleinen Wasserfällen von See zu See. Das Wasser hat Trinkwasserqualität. Die Bäume, überwiegend Nadelbäume, sind niedrig und der Bewuchs ist nicht allzu dicht. Am Boden liegt überall trockenes und verwittertes Holz wild durcheinander und übereinander. Es gibt viel felsiges Land mit Moosen und sandigen Böden. Rings um die Seen ist die Natur üppiger. Eine weit verbreitete Unsitte ist das Sportangeln. Die Angler stehen am See, blinkern Fische heraus, messen ihre Länge, schreiben sie in ein Notizbuch und werfen die Fische wieder ins Wasser. Sind die Fische durch den Kampf am Haken sehr zerfleddert, werden sie den Raben zum Fraß hingeworfen. Dabei ist das Angeln kein Kunststück. Die Seen sind so fischreich, dass spätestens nach 30 Minu-

ten ein Fisch am Haken zappelt, und sie beißen auf alles, sogar auf Teelöffel. Sehr unterhaltsam sind die Vögel, vor allem die Raben. Ihnen zuzuschauen ist wie ein Naturfilm mit Panoramablick.

Als ich von der Tourist Information losfuhr, begegnete mir nach kurzer Zeit das erste und einzige Verkehrsschild. Darauf stand: Nächster Service 395 Kilometer. Es gab tatsächlich nichts. Links Natur, rechts Natur, in der Mitte die Straße. Am Straßenrand verlief auf dreibeinigen Masten eine Telefonleitung und mitunter dröhnte und rauschte es. Dann war ich in der Nähe eines wilden Wasserfalls. Das sah schon anders aus als die Niagarafälle. Es polterte und krachte, wenn Steine oder Baumstämme herunterstürzten, sich verhakten und überschlugen. Die Urgewalt des Wassers wirkte durch die unmittelbare Nähe beängstigend.

20. Es gab nur Natur und die Straße **21.** Hohe Strafen sind der beste Umweltschutz

Der Verkehr war sehr mäßig, alle zwei Stunden mal ein Auto. Am besten man macht ein Picknick, nachdem man überholt wurde, sonst fährt man stundenlang in einer Staubwolke hinterher, die fast in der Luft steht. Der Gegenverkehr ist tückisch. Mal fliegen ein paar Steine, mal wird man zugestaubt oder gerät zu dicht an den Straßenrand und fährt sich fest. Doch alle Unannehmlichkeiten erlebt man nur einmal, dann weiß man, wie sie zu vermeiden sind. Einige Male hielt ich an, weil jemand eine Panne hatte. Meistens konnte ich weiterhelfen. Am häufigsten war der Vergaser oder Luftfilter verdreckt oder die Benzinzufuhr defekt. Manchmal hatte ich den Eindruck, dass einige nicht einmal wussten, wie die Motorhaube zu öffnen sei.

Yellowknife und Umgebung

An einem Morgen, 100 Kilometer vor Yellowknife, pickte ich einen Indianer auf. Ich zeigte ihm die Karte und sagte ihm, zu welchem Campingplatz ich wollte. Er versprach mir, mich einzuweisen. Ich fuhr und fuhr, durch Yellowknife hindurch und ein kleines Stückchen weiter. Dann sagte er zu mir, ich solle wenden und halten, er sei hier zu Hause. Auf meine Frage, wo denn nun der Campingplatz sei, antwortete er, ich müsse 20 Kilometer zurückfahren und dann rechts abbiegen. Im Grunde genommen war das ganz normal. Aus reiner Gefälligkeit einen Umweg von 20 bis 50 Kilometer zu machen ist in dieser menschenleeren Gegend selbstverständlich. Nur, woher soll das ein deutscher Spießbürger wissen? Da es noch nicht allzu spät war, blieb ich in Yellowknife, um voll zu tanken und einkaufen zu gehen. Ich versorgte mich mit Proviant für gut 14 Tage. Interessant war der Kauf einer Wurfangel. Der Verkäufer kam strahlend auf mich zu und sagte „Ah for sportfishing" und ich antwortete „No for foodfisching". Da verzog er angeekelt sein Gesicht. Bei dem Fischreichtum ist Fisch Hundefutter und Armeleuteessen. Wir wurden dennoch handelseinig. Hätte ich mehr Geld gehabt, hätte ich mir noch einiges gekauft. Es gab Pelzmäntel und Pelzjacken aus Naturfellen vom Allerfeinsten. Sie waren in Heimarbeit gefertigt, einfach und sehr weit geschnitten, oft mit Raglanschnitt. Man konnte in diesen Mänteln und Jacken Purzelbäume schlagen und Holz hacken, so geräumig waren sie. Selbst wenn man ruckartig mit einer kleinen Drehung am Fell zupfte, verlor es keine Haare. Alle Leder- und Fellarbeiten, auch Taschen, Beutel und andere Kleinigkeiten, waren praktisch und robust. Es gab auch Schnitzereien, Bilder und volkstümliches Kunstgewerbe, alles echte Handarbeit.

Gegen Abend fuhr ich auf den Campingplatz und richtete mich häuslich ein. Für den nächsten Tag war ein Großputz angesagt, es wurde Zeit. Zur Feier des Tages kochte ich mir Sauerkraut mit Rippenspeck und Salzkartoffeln, aß mit Messer und Gabel von einem Porzellanteller und trank mein Bier aus einem Bierglas. Selbst eine Serviette fehlte nicht. Es war richtig vornehm. Manchmal braucht man ein wenig Esskultur. Das Hauptbesteck sind hier Löffel und Messer, damit kriegt man alles klein und rein. Nach dem Essen, es war noch hell und die Abendstimmung beschaulich, stellte ich mir eine Flasche Whisky auf den Tisch und beschäftigte mich mit meiner Angel. Kurze Zeit später sprach mich ein Mann an. Er gab sich als Eskimo aus, hatte aber typisch eurasische Gesichtszüge. Er fragte mich höflich, ob er einen Schluck Whisky bekommen könne.

22. Nach ein paar hundert Kilometer Gravelroad ist alles verstaubt **23.** Das erste Haus von Yellowknife, der Hauptstadt der Northwest Territories **24.** Badefreuden am Campingplatz, das Wasser ist wohltemperiert **25.** Großputz auf dem Campingplatz bei Yellowknife

Ich sagte „bitte". Da nahm er die Flasche an den Mund und trank sie, bis auf einen winzigen Rest, auf Ex aus. Um den Rest schien es ihm auch noch schade zu sein, aber Schluck ist Schluck, etwas musste er in der Flasche lassen. Anschließend verhedderte er mir noch 50 Meter Angelschnur, weil er mir etwas zeigen wollte. Dann hatte ich endgültig die Schnauze voll und schob ihn verärgert ab. Auf dem Plumpsklo fand ich zum wiederholten Male eine kleine Bibel zur Erbauung. Gottes Wort auf dem Klo scheint wirklich zum guten Ton zu gehören. Eigentlich einleuchtend. Es ist der einzige Ort, wo alle Schäfchen zu Zeiten Eingang finden und Muße haben. Kein schlechter Tipp fürs Vaterland. Das Klo ist heutzutage mit absoluter Sicherheit besser besucht als die Kirche. Zwei Tage später brach ich auf und fuhr die letzten 65 Kilometer, bis die Straße, ohne besonderen Hinweis, an einem kleinen Wasserfall endete. Ich hatte den nördlichsten noch befahrbaren Punkt in den Northwest Territories erreicht. Es war erhebend wegen seiner Endgültigkeit. Endlich war ich einmal am Ende einer Reise angelangt. Fünf Kilometer zurück lag ein idyllischer Campingplatz an einem großen See, und ich suchte mir ein Camp. Da Wochentag war, war der Campingplatz fast leer und ich hatte freie Auswahl. Es gab alles, was das Herz begehrt. In der Nähe Trinkwasserbehälter, Holzstellen mit groben Holzscheiten und saubere Toiletten. Ich kann das Wort Toiletten bald selbst nicht mehr hören, aber die Toiletten sind nun einmal ein internationales Kulturgut, das besonders auf Reisen eine herausragende Rolle spielt. Vielleicht sind sie die größte Erfindung der Menschheit vor der Schrift und der Atombombe?

Auf der angeschlossenen Picknickarea gab es ein Holzhaus mit Kochherden, und überall zwischen den Bäumen schimmerte der See hindurch. Mein Camp hatte eine kleine Auffahrt für das Auto und ein plane, quadratische Fläche von rund 100 Quadratmetern. Es gab einen großen, rechteckigen Tisch mir angebauten Sitzbänken an den Längsseiten, eine offene Feuerstelle und einen drehbaren Grill in Kochhöhe mit Rauchabzug. Der Grill hatte einen Rost und eine geschlossene Platte als Kochstellen. An der Auffahrt standen ein Mülleimer und ein Pfahl mit der Campnummer. Ein paar Schritte, rings um das Camp, befand sich trockenes Unterholz in Hülle und Fülle. Ich brauchte nicht einmal bis zum Holzplatz zu laufen. Der Campingplatz war sauber, gepflegt und wurde regelmäßig mit allem Notwendigen versorgt. Gar lustig war die Trinkwasserbereitstellung. Die Behälter waren immer voll, wurden aber scheinbar nie nachgefüllt. Das Rätsel löste sich, als ich die Zuführungsleitung entdeckte. Sie führte direkt zum See, dort stand eine kleine Pumpe und pumpte bei Bedarf Seewasser in die Behälter. Der ganze See hatte Trinkwasserqualität. Das galt für alle Seen in dieser Gegend. Deshalb hatten viele Campingplätze auch keine besondere Trinkwasserversorgung. Ich war ganz schön verärgert über meine Wasserschlepperei, der See lag ja direkt vor meiner Nase. Die einzelnen Camps lagen, wie üblich, an einem Rundkurs und waren so angeordnet, dass man das Nachbarcamp nicht sah.

Eine der schönsten Beschäftigungen des Tages ist das Feuermachen. Deshalb will ich darauf etwas näher eingehen. Überall im Norden sind an den Birken, bis auf Mannshöhe, Streifen aus der

Rinde geschnitten. Sie dienen als Feueranzünder. Die Birkenrinde besteht an der Oberfläche aus mehreren, papierdünnen, übereinander liegenden Schichten. Darunter befindet sich die saftführende Borke, und darunter folgt das Stammholz.

26. Mein Camp am Campingplatz mit Grill, Axt, Angel und Spaten **27.** Das Feuerholz neben dem Camp **28.** Das Panorama am Trinkwassersee **28.** Mein Angelplatz, ich konnte ihn tagelang unbeaufsichtigt lassen, alle waren ehrlich

Die papierdünnen Schichten, streifenartig mit zwei waagerechten Schnitten von der Borke gelöst, rollen sich ein wenig zusammen. Zündet man diese Rolle an, brennt sie relativ lange wie Feueranzünder. Die Birkenrinde wird deshalb bevorzugt als Feueranzünder genutzt. Eine andere Methode ist das Brechen von kleinen, harzigen Zweigen der Nadelbäume und das Anzünden an der Bruchstelle. Soll es schnell gehen, hilft auch ein Tässchen Benzin.

Einige Späne trockenes Nadelholz, Kienäpfel oder, vor allem wenn es feucht ist, Birkenholz eignen sich gut zum Aufbau des Feuers. Hat man nach einiger Zeit eine satte Unterglut und will sein Feuer ohne großen Aufwand lange erhalten, eignen sich dafür trockene Wurzelstöcke. Sie liegen überall herum. Zwei bis drei vertrocknete Wurzelstöcke über der Glut ineinander verhakt und das Feuer brennt rauchlos die ganze Nacht. Hartholz gibt es im hohen Norden Kanadas kaum - zumindest habe ich keins entdeckt -, deshalb entfällt es zum Erhalten der Glut. Reine Freuden sind Wanderungen durch die unberührte Natur, Tierbeobachtungen, Angeln, Kochen und das Beobachten des Himmels in der Nacht. Hin und wieder gibt es Augenblicke der „Erleuchtung". Die Zivilisation und Kultur werden durchsichtig und verlieren ihre Übermacht. In meinem Reisetagebuch, datiert von 30. Juli 1976, fand ich folgende Betrachtung:

„Berufstätigkeit ist, sofern man sich nicht mit ihr identifizieren kann, nur ein existenznotwendiges Übel. Gelingt es nicht, einen eigenen schaffenden Weg zu finden, muss man sich mit Scheinidentifikationen begnügen. Ohne sich selbst zu belügen, wird

das Leben sonst unerträglich. Das Ziel, sein eigener Mensch zu sein und selbstbestimmt sein Leben zu gestalten, darf man nie aus dem Augen verlieren. Es ist die lebenserhaltende Hoffnung, der Segen der Büchse der Pandora. Verliert man sein Ziel nicht aus den Augen, führen alle Wege zum erhofften Resultat. Vielleicht entpuppt sich das Schreiben als eine Identitätsmöglichkeit für mich? Ich werde es immer wieder versuchen, bis sich herausstellt, dass es so ist oder auch nicht. Irgendwann erreicht jeder einen Punkt, an dem er weiß, dass er sich vertan hat. In diesem Augenblick muss man konsequent einen neuen Weg einschlagen. Andernfalls ist man bereits gestorben, bevor der Tod eintritt."

Auf einer meiner Wanderungen entdeckte ich ein verstecktes Camp und beschloss, dort solange allein zu leben, wie ich es aushielt. Das Camp, mit einer Feuerstelle und einem großen Holztisch, befand sich auf einer kleinen Lichtung mitten im Wald. Zur Straße führte ein befahrbarer, grün überwucherter Feldweg. Es war rund ein Kilometer bis zur Straße. Vom Camp aus hatte ich einen Ausblick über einen großen See, dessen gegenüber liegendes Ufer mit bloßem Auge noch zu erkennen war. Am See befand sich eine kleine Bucht, etwa 20 Meter vom Lager entfernt. An dieser Stelle war das Wasser seicht und pflanzenfrei und wurde erst allmählich tiefer. Vom Lager aus führte ein Trampelpfad zu einem zweiten See. Zwischen den beiden Seen befand sich eine kleine Stromschnelle, an der der Obersee in den Untersee abfloss. Von meinem Lager aus waren es rund 15 Minuten Fußweg zu der Stromschnelle. Die Ufer waren hier teilweise felsig, man konnte ein paar Meter über dem Seespiegel sitzen. An ande-

ren Stellen reichte das Wasser direkt bis an das flache Ufer. Der Überfluss am Obersee war so seicht, dass an dieser Stelle eine kleine Furt war und ich auf die andere Seite waten konnte - mit gebührender Vorsicht, denn die Strömung war reißend, aber es war nicht allzu gefährlich. Das Camp diente Einheimischen für Wochenendausflüge, und der Wasserfall war eine vorzügliche Angelstelle. Die Hechte standen im Untersee und warteten auf die Fische, die über die Stromschnelle kamen. Vermutlich war das Camp früher einmal von Forst- oder Straßenbauarbeitern angelegt worden.

Gleich am nächsten Tag, nachdem ich das Camp gefunden hatte, verließ ich meinen bisherigen Campingplatz und richtete mich im neuen Camp ein. Wie immer machte ich als erstes ein Feuer. Danach baute ich mir eine Toilette mit Seeblick. Zwischen zwei Bäumen befestigte ich in Sitzhöhe einen dicken, trockenen, harzfreien Baumstamm. Dann testete ich ihn, indem ich mich in die Mitte setzte und einige Male schwungvoll durchwippte. Es wäre ja sehr unangenehm gewesen in seine eigene Grube zu fallen, falls der Stamm brechen sollte. Anschließen hob ich eine tiefe Grube aus und häufelte den Aushub am Rand, um nach jeder Benutzung die Fäkalien mit Erde abdecken zu können. Der Rest des Tages verlief mit dem Einrichten und genaueren Erkunden des Camps.

Am nächsten Tag entspannte ich mich erst einmal und postierte meine Luftmatratze auf dem See. Ich band einen schweren Felsbrocken an ein Seil, transportierte ihn auf der Luftmatratze ein

Stück in den See, ließ ihn als Anker fallen und befestigte die Luftmatratze am anderen Ende des Seils. Dann machte ich bei strahlendem Sonnenschein, leicht vom Wind gefächelt und geschaukelt, ein Nickerchen auf der Matratze. Die Matratze blieb als kleine Erfrischungsinsel im Wasser. Es gab niemandem, den sie störte. Am späten Nachmittag ging ich angeln. Bis der erste Hecht anbiss, dauerte es nur zehn Minuten. Die längste Angelzeit bis zum Anbiss war eine halbe Stunde. Ich brauchte deshalb erst angeln zu gehen, wenn ich Hunger verspürte. Die ersten beiden Hechte, die ich fing, sie waren 43 und 70 Zentimeter lang, waren Übungsfische. Ich hatte nicht genügend Geduld und Erfahrung, sie müde zu machen und zog sie an der Angelschnur heraus. Wenn der Fisch in Ufernähe war, wickelte ich mir die Angelschnur um die Hand, zog ihn an Land und griff ihn mit der anderen Hand hinter die Kiemen. Dann haute ich ihm mit dem Hammer eins auf den Kopf. Später ließ ich den Unsinn, denn bei größeren Hechten riss bei dieser Methode die Angelschnur, und der Hecht, Blinker und das Distanzstück aus Draht waren dahin. Ich hatte mich in der Kraft der Fische verrechnet. Zu sehr vertraute ich auf die Angelschnur, die eine Reißfestigkeit von 15 Kilogramm hatte. Es war eine schwarze Perlonschnur, die ich von Hand nicht zerreißen konnte. Nachdem alle Blinker im Laufe der Tage im See verschwunden waren, baute ich mir einen aus einem Teelöffel. Ich kürzte den Löffelstiel und bohrte in den Stielstumpf und die Löffelspitze jeweils ein Loch. Am Stielstumpf befestigte ich den Distanzdraht und daran die Angelschnur. An die Löffelspitze kam ein stabiler Drillingshaken. Dieser Blinker war eine Sensation! Nachdem ich ihn das zweite Mal ausgeworfen hatte, sah ich zwei Hechte, die dem Teelöffel hinterher schwammen und ihn erst einmal bewunderten. Schon beim dritten Wurf schnappte ein gewaltiger Hecht zu.

30. Mein einsames Lager auf einer kleinen Lichtung **31.** und **32.** Meine Angelstellen am Übergang zwischen zwei Seen **33.** Das Abendbrot, in einer Stunde ist es im Magen

Mittlerweile hatte ich Anglerfahrung. Man muss den Blinker „krank" machen. Auswerfen, langsam einholen, so dass er gerade so gleitet und sich dreht. Dann kurz nachlassen, so dass der Blinker absinkt und weiter einholen, bis er gleitet. Diesem Lockangebot widersteht kein Hecht. Auch hatte ich in der Zwischenzeit das Spielchen mit dem Müdemachen begriffen und konnte dadurch größere Hechte, bis zu einem Meter Länge, bewältigen.

Das Zubereiten der Hechte war am Anfang ein Problem. Den ersten nahm ich nur aus und legte ihn, wie im Film, auf die Glut. Nach ein paar Minuten war er verbrannt. Den zweiten Hecht schuppte ich hausfraulich ab, nahm ihn aus, entfernte Kopf und Schwanz und versuchte ihn zu grillen. Ein Teil fiel durch den Rost, und der Rest waren trockene, harte, angekokelte Fasern. Doch dann kam die Erleuchtung. Kopf und Schwanz werden abgeschnitten, der Hecht wird ausgenommen und die Schuppen verbleiben. Dann wird der Rumpf von außen mit Salz eingerieben und innen ein wenig gesalzen und gepfeffert. Anschließend wird er innen mit ein paar Tropfen Zitrone oder Essig beträufelt. Der so vorbereitete Hecht wird dicht in Aluminiumfolie gewickelt und auf dem Grill 20 bis 30 Minuten unter mehrmaligem Wenden gedünstet. Er schmort im eigenen Saft. Entfernt man danach die Aluminiumfolie, lässt sich die Haut leicht ablösen, sie gleitet vom Körperfleisch. Die Gräten lassen sich mit einem sanften Zug vom Schwanzende her bis zur letzten entfernen. Sie hängen alle am Rückgrat. Übrig bleiben, je nach Größe des Hechtes, 1 bis 2 Kilogramm weißes, zartes, saftiges, aromatisches Fleisch. Es schmeckt nicht nach Fisch, wie man es von zu Hause kennt, sondern eher wie saftig-mürber Kalbsbraten. Der Grund dafür mag sein, dass der Fisch aus einem Gewässer mit Trinkwasserqualität kommt und nicht länger als eine Stunde tot ist, bevor er verspeist wird. Als Beilage aß ich gerne Curryreis. Es war ein opulentes Mahl, das vom Geschmack her einem Feinschmeckerrestaurant zur Ehre gereicht hätte. Da die Hechte sehr schlank sind und Kopf und Schwanz fast 50 Prozent der Gesamtlänge betragen, ist die Fleischausbeute gering. Hechte zwischen 70 bis 80 Zentimeter Gesamtlänge liefern rund ein Kilogramm schmackhaftes Fischfleisch. Bei 80 bis 100 Zentimeter Länge sind es schon 2 Kilogramm. Der Umfang des Hechtes steigt mit seiner Gesamtlänge überproportional und geht somit mit „Π", dem Kreisumfang, in das Gesamtvolumen ein. Die großen, dicken Hechte könnten auch Weibchen gewesen sein, so ist das bei den Fischen, sagte mir ein Angler. Zum Angeln von Lachsen, Forellen und anderen Raubfischen sowie von Friedfischen fehlten mir das Grundwissen, die entsprechenden Köder und das geeignete Angelzeug. Sollte ich wieder mal auf eine Reise in die Natur gehen, mache ich mich vorher sachkundig. Das bereichert den Speisezettel enorm.

Solange alles neu und ich beschäftigt war, vermisste ich die Menschen nicht. Ich machte Wanderungen in alle Himmelsrichtungen, aber nicht weiter als höchstens fünf Kilometer im Umkreis meines Lagers. Durch die Seen, Felsen und andere markante Punkte konnte ich mich innerhalb dieses Umfeldes nicht verlaufen. Außerdem ist Vorsicht geboten. Nicht vor den Tieren, sondern davor, dass man nicht stürzt und sich die Knochen bricht.

Jeder Schritt will überlegt sein. Jeder Sumpf und jede Überquerung eines Baches oder einer scheinbar flachen Wasserstelle ist vorsichtig zu testen, ganz zu schweigen von Klettereien. Größere Wildtiere, wie Bären, Elche und Wölfe, sah ich selten und auch nur durch den Feldstecher. Vögel, Wasservögel und Kleintiere wie Eichhörnchen und Erdhörnchen sind leicht zu beobachten. Raben, Krähen, Möwen und verschiedene andere Vögel lassen sich durch Wildfütterung, also Essensreste, leicht anlocken. Besonders die Raben und ein Vogel mit bläulichweißem Gefieder und dem Aussehen zwischen Elster und Eichelhäher (ein Blue Bird?) sind drollig, frech und zutraulich.

Nach zehn Tagen, das Auto hatte ich auch noch generalüberholt, es sprang wieder im Leerlauf bei Standgas an, wurde ich hungrig. Hungrig auf Menschen und wegen der ausgehenden Lebensmittel. Alkohol und Tabak waren schon seit Tagen passé, die letzten Kartoffeln naschte ich wie Konfekt, der Tee ging zur Neige. Es war Zeit aufzubrechen. Die Tage auf dieser kleinen Lichtung habe ich nie vergessen. Es muss wunderbar sein, mit ein paar Freunden und einem guten Führer in dieser Gegend mit dem Kanu unterwegs zu sein und auf diese Weise die Sommermonate zwischen Juni und September zu erleben. Hoffentlich bleibt dieser Landstrich vom Massentourismus verschont. Zum Glück wissen nur wenige, wie erfrischend und angenehm das Klima hier im Sommer ist. Ich kurierte so nebenbei meinen Heuschnupfen. Dadurch, dass ich in diesem Sommer nicht mit den Pollen in Berührung kam, die ihn auslösten, stabilisierte sich mein Körper und ich hatte viele Jahre keinen Heuschnupfen.

Bis Yellowknife war es nicht weit. Den ersten Menschen, den ich traf, laberte ich voll. Es musste einfach sein. Man nennt das Einsamkeitskoller. In Yellowknife verbrachte ich noch zwei Tage, um die nötigsten Einkäufe zu machen und fuhr dann zügig weiter.

Von Yellowknife bis Vancouver

Die Fahrt ging in einer Schleife durch die Bundesstaaten Alberta, Britisch Columbia, Yukon Territory, Alaska (USA) und dann weiter bis Vancouver. Die Route führte in Reihenfolge durch die Orte: Peace River, Fort St. John, Watson Lake, Whitehorse, Anchorage, Fairbanks, Dawson, Watson Lake (Schleife) und weiter über Steward, Prince Ruppert, Prince George, Kamloops nach Vancouver. In Alberta, noch auf dem Mackenzie Highway, hörte ich hinter mir den anhaltenden Sirenenton eines Trucks. Ich fuhr erschreckt an den Straßenrand und hielt. Der Truck, ein gewaltiges Langholzfahrzeug, überholte mich und stoppte. Der Fahrer stieg aus und begrüßte mich auf Deutsch mit den Worten: „Haste nich jemerkt, dass ich mit dir sprechen will?" Er hieß Fred Fibi, war Wiener und hatte gerade seinen Einsamkeitskoller. Ich kannte das Gefühl ja bereits. Um mich nicht zu verlieren, bot er mir an, mein Auto bei ihm aufzuladen und bis zum nächsten Service mit ihm im Fahrerhaus zu fahren. Ich lehnte ab und schlug ihm vor, dass ich, wegen der Staubwolke, vor ihm herfahre und wir bei der nächsten Servicestation ein Schwätzchen machen. Einige Stunden später saßen wir in einem kleinen, japani-

schen Teehäuschen und Fred erzählte. Er war 25 Jahre alt, arbeitete in Kanada als Fernfahrer und hatte schon über eine Million Kilometer zurückgelegt. Dann spann er sein Fernfahrergarn, ich brauchte nur zuzuhören. Zwischendurch zeigte er mir seinen 310 PS Panzerdieselmotor, ließ einen Reifen für mich fixen (flicken) und beruhigte sich dann allmählich. Er war irgendwie rührend, aber auch informativ. Wir sprachen die gleiche Sprache, und da lässt sich viel leichter dies und jenes klären.

Ein paar hundert Kilometer südlich setzte ein anhaltender Landregen ein. Es nieselte und regnete ununterbrochen. Die regenfreien Stunden konnte ich zählen. Die Gravel Roads waren ausgewaschen und hatten Längs- und Querrillen. Dadurch schaukelte sich das Auto auf, erreichte seine Eigenfrequenz und vibrierte wie ein alter Tattergreis mit Schüttelfrost. Ich hatte das Gefühl, der Karren fällt jeden Augenblick auseinander. Um die Resonanzen zu vermeiden, musste ich entweder zwischen 30 und 40 oder über 80 Stundenkilometer fahren. Bei dem Straßenzustand blieb mir nichts weiter übrig, als hunderte Kilometer unter 40 Stundenkilometer zu fahren. Auf dieser Durchreise durch Alberta und British Columbia - was konnte ich anderes tun als fahren und schlafen - verging mir die Reiselust. Alles war feucht, klamm, stockig, muffig, stinkig und schimmelig. Die Abende und Nächte waren nasskalt und ungemütlich. Einmal steckte ich in einer langen Autoschlange im Schlamm fest. Das Wasser konnte nicht von der Straße ablaufen und hatte sie aufgeweicht. Selbst Jeeps mit Wohnanhänger saßen fest. Der Lehmschlamm war nicht hoch, etwa Reifenhöhe, aber zäh. Er setzte sich in das Profil, und die Räder drehten auf dem schlammigen, schmierigen aber festen Untergrund durch. Beidseitig der Fahrspuren war der Schlamm höher, eine Art bremsender Wulst. Die Autofahrer hatten sich nach Kräften bemüht, ihr Auto so tief wie möglich einzubuddeln und damit zusätzliche Hindernisse geschaffen. Nachdem ich eine Stunde im Auto gesessen hatte, kam ich auf die glorreiche Idee, Schneeketten aufzuziehen. Ich legte die Räder frei und montierte mit großem Aufwand die Schneeketten. Danach schlingerte und schlenkerte ich im ersten Gang mit Feingefühl an der Kolonne vorbei und zwar auf der Fahrspur des Gegenverkehrs. Ein Aha-Erlebnis! Nur, ich sah aus wie in Schlamm gebadet, und brauchte einen ganzen Tag um mich und das Auto halbwegs zu säubern. Die anderen Fahrzeuge wurden mit einem schweren Planierfahrzeug herausgezogen, und die Insassen blieben sauber. Es war ein eitler Pyrrhussieg. Kurze Zeit später, in Fort St. Johns, wurde ich von einem älteren Ehepaar zum Essen eingeladen. Die beiden hatten eine Trappermentalität, erzählten mir viele Geschichten und gaben mir Tipps, bei denen mir schon beim Zuhören bange wurde. Der Mann erzählte mir, dass man Bären am besten dadurch vertriebe, dass man Metall auf Metall schlägt, beispielsweise Töpfeklappern und ähnliches. Hat man keine Metallgegenstände parat, soll man Steine nach dem Bären werfen. Schon bei dem Gedanken zitterten mir die Knie. Es mag ja klappen, aber vielleicht auch nicht. Vor Bootstouren in die Wildnis warnten sie mich eindringlich. Ohne einen erfahrenen und ortskundigen Führer sollte man davon die Finger lassen. Es war ein schöner, informativer Abend bei gutem Essen.

34. Auf der Schlammstraße in Britisch Columbia **35.** So wie meine Schuhe sah alles aus

Einige Tage später hatte ich einen Plattfuß. Zum Glück einen, bei dem die Luft nicht völlig aus dem Reifen entwich, also noch ein Luftpolster zwischen Felge und Straße verblieb. Das war meine Rettung, denn ich konnte eine der Radschrauben nicht lösen. Dabei kannte ich alle gängigen Tricks: den kurzen, trockenen Hammerschlag auf den Schraubenkopf, das Kriechöl als Hilfsmittel und das ruckartige Lösen der Schraube mit dem „Losbrechmoment" und Verlängerungshebel. Nichts half! Die Schraube hatte sich mit der Felge kalt verschweißt. Das geschieht selten, ist jedoch erklärbar. Wenn man beispielsweise zwei plane Metallflächen so lange poliert, bis sich die Molekularstruktur öffnet und sie dann aufeinander legt, haften sie aneinander wie verschweißt. Durch die Reibung zwischen der Felge und der Schraube war dieser Effekt eingetreten - sie hatten sich gegenseitig poliert. Dadurch, dass die Luft aus dem Reifen nicht vollständig entwichen war, schaffte ich es noch bis zur nächsten Reparaturwerkstatt. Ohne Luftpolster hätten womöglich das Achslager und das Differential gelitten. Selbst die Werkstatt hatte Mühe, die Schraube zu lösen. Der Druckluftschrauber versagte und alle anderen Werkzeuge auch. Nach mehreren Versuchen nahm man eine exakt passende Nuss von einem Steckschlüssel und eine 2 Meter lange Verlängerung. Dann endlich gab es einen Knall und die Schraube war losgebrochen.

Die Tage vergingen, und ich war bereits hoch in den Rocky Mountains. Alle noch verbliebenen Wolken regneten sich hier ab. Mitten im Gebirge fielen die Hinterradbremsen aus. Bei angezogener Handbremse ließen sich beide Hinterräder noch von Hand durchdrehen. Die Bremsbeläge waren abgenutzt und durch die ständige Feuchtigkeit und den feinen Schlamm, der wie ein Schmierfilm wirkte, drehten die Räder durch. Ein Nachstellen der Bremsen war nicht mehr möglich. Ich war mittlerweile so verzweifelt, dass ich an Aufgabe dachte. Einfach den Karren an den Straßenrand stellen, das Nummernschild abschrauben und nach Hause fliegen. In den 14 Tagen, die ich nun bereits im Regen dahinzottelte, hatte ich wenig Freude. Einmal bei leichtem Nieselregen packte mich die heilige Wut. Ich schichtete am Abend einen mächtigen Holzhaufen auf, goss zehn Liter Benzin darüber und zündete ihn an. Dann saß ich unterm Regenschirm neben dem Feuer, beobachtete den Kampf der Elemente und blies Trübsal. Aber warm war es wenigstens.

Irgendwann, so um den 20. August und einige hundert Kilometer vor Alaska, fand ich einen Campingplatz mit einer heißen Quelle. Über ein Moor waren Stege gelegt, die zu einem kleinen Teich führten. In den Teich flossen eine kochend heiße und eine kalte Quelle. Es gab einen Einstieg und man konnte sich die gewünschte Temperatur wählen. So zwischen 20 °C und theoretisch 100 °C, direkt an der heißen Quelle. Der Dampf lag wie ein dicker, weißer Morgennebel über dem Wasser. Der einzige Nachteil, die Quelle war schwefelhaltig und stank. Den Gestank nahm man nach ein paar Minuten nicht mehr bewusst wahr, man war ein Teil von ihm. Für den Kreislauf war das Bad allerdings sehr anstrengend. Beim ersten Mal blieb ich zu lange im Wasser, es war ja so angenehm im Regen, und als ich hinausstieg, hatte ich butterweiche Knie und das Herz schlug Stakkato. Mittlerweile war ich jedoch so abgehärtet, dass ich das locker wegsteckte.

In Alaska wurde das Wetter dann besser, ich hatte die „Wetterscheide" überquert. Die Straßen hatten eine gut gepflegte Asphaltdecke, und der Service war typisch amerikanisch. In Anchorage brachte ich das Auto in die Werkstatt, und die Monteure arbeiteten mustergültig. Die Bremsen wurden repariert, neue Stoßdämpfer eingesetzt, eine Dichtung am Ölkühler erneuert und viele andere Kleinigkeiten ebenfalls zu meiner Zufriedenheit erledigt. Die Plagen der vergangenen Wochen waren vergessen. Ich fühlte mich gesund, kräftig und allen Situationen gewachsen. Im Vergleich mit dem Norden Kanadas war Alaska die „Schweiz" des Nordens. Statt Homework gab es zwar Manufak-

turkitsch, aber welcher Tourist merkt das schon? Die Indianer und Eskimos waren clevere amerikanische Geschäftsleute und Money die Eintrittskarte in die Welt. Alles war sauber, geordnet und reglementiert.

In Anchorage deckte ich mich mit allem Notwendigen ein und fuhr in Richtung Fairbanks zum „Mount. Mc. Kinley National Park". Hier machte ich erstmals mit der Polizei Bekanntschaft. Da ich ein Tourist aus Europa war, verlief das Treffen vergleichsweise harmlos. Ich fuhr zum Eingang des Parks und hielt am Kontrollhäuschen. Der Parkwächter sagte einen freundlichen Satz, den ich nicht richtig verstand, und ich fuhr weiter. Kurze Zeit später Sirenengeheul und ein Polizeiauto hinter mir. Ich dachte, vielleicht will es überholen und fuhr am rechten Rand weiter. Doch das Polizeiauto blieb hinter mir und heulte weiter, bis ich anhielt. Erst dann überholte es mich, stoppte und die Polizisten kamen stinksauer auf mich zu. Ich erfuhr, dass der Parkwächter zu mir gesagt hätte, ich solle wenden und zurück zum Campingplatz fahren. Touristen dürfen den Park nur in Gruppen, in den Bussen des Parks besuchen. Als die Polizei merkte, dass ich nicht aus böser Absicht gehandelt hatte, wurde sie freundlicher. Ich wendete und fuhr zurück. Noch war ich keine zwei Kilometer gefahren, kam sie wieder mit Sirenengeheul hinter mir her. Diesmal wusste ich Bescheid und hielt sofort an. In den USA überholt die Polizei nicht, sondern bleibt hinter dem Fahrzeug und man muss sofort stoppen, wenn man die Sirene hört. Diesmal war ich zu schnell gefahren, die Höchstgeschwindigkeit betrug 15 Meilen pro Stunde, rund 30 Stundenkilometer.

Einem Amerikaner hätte das nicht passieren dürfen, doch als Europäer und Gast genießt man eine gewisse Narrenfreiheit. Ich kam mit einer mündlichen Verwarnung davon. Die Polizisten mussten über so viel Unverfrorenheit selbst lachen, das kam nicht alle Tage vor. Wie tolerant die Polizei bei europäischen Touristen sein kann, verdeutlicht ein anderes Beispiel. Einmal fuhr ich, angeblich bei Rot, über eine Ampel. Nach der Kontrolle der Papiere und ein paar Worten hob der Polizist ermahnend den Zeigefinger und sagte zu mir „red is stop".

Der Campingplatz vor der Parkeinfahrt war wie üblich eingerichtet, es gab nichts zu beanstanden. Von hier aus unternahm ich einige Wanderungen und genoss die Natur. Eines Tages bestieg ich einen Berg, von dem ich eine herrliche Aussicht hatte. Auf dem Rückweg denke ich mir so im Stillen, alle reden vom Wildreichtum, aber wo ist das Wild? Da stehe ich auch schon in zehn Meter Entfernung vor einen Elch, der an einem Wasserloch trinkt. Ich stehe vor Schreck stocksteif, still und erstarrt. Der Koloss hat eine Schulterhöhe von zwei Metern und dazu kommen noch der Hals und der mächtige Kopf, also gut 3 Meter Gesamthöhe. Der Elch äugt zu mir herüber und setzt sich träge und neugierig in Bewegung, direkt auf mich zu. Ich gehe langsam im Kriechgang rückwärts, drehe mich dann blitzschnell um und sause wie ein Wirbelwind über Stock und Stein davon. Bis ich darüber lachen konnte, vergingen Stunden, so tief saß der Schock.

In Fairbanks, wo ich einige Tage später tankte und Vorräte einkaufte, verliebte ich mich in einen Mantel. Es war ein gebrauchter Armeemantel für skilaufende Soldaten. Der Stoff war grober Drillich in Hellbraun und das Futter geschorenes Lammfell. Der weite, unterhalb des Gürtels glockenförmige Mantel hatte einen hinten aufknöpfbaren Schlitz und konnte mit Laschen zwischen den Beinen hosenähnlich zusammengeknöpft werden. Er reichte bis an die Knie. Etwas oberhalb der Taille hatte er einen breiten Stoffgürtel aus Drillich. Der mit Lammfell gefütterte Kragen ließ sich hochklappen und reichte dann bis über die Ohren. Unter dem Kinn ließ sich der Kragen mit einer Lasche schließen. Als Verschlüsse dienten große, stabile Knöpfe, und man konnte den Mantel links und rechts knöpfen. Er bestand aus zwei völlig identischen Hälften mit Knopfreihen und Knopflöchern. In das Innenfutter ragten zwei große, tiefe Taschen mit Klappen, die links und rechts unterhalb des Gürtels angeordnet waren. Selbst die Ärmel waren mit Fell gefüttert. Der Mantel war ein einziger Traum. Der Trödler wollte 25 Dollar für den Mantel und ging keinen Cent herunter. Er hatte den Braten gerochen und wusste, dass ich jeden Preis zahlen würde. Wahrscheinlich hat er sich sogar geärgert, dass er am Anfang nicht mehr verlangt hat. Es ist manchmal von Vorteil, wenn man ärmlich aussieht. Den Mantel trug ich als Wintermantel noch gut 10 Jahre wie ein Kultstück. Er war dann angeblich so zerschlissen, dass keine Frau mehr mit mir ausging und alle Bekannten und Verwandten sich mit mir schämten, wenn ich ihn anhatte. Da zeigt sich dann, mit was für Spießern man zusammenlebt. Doch davon später.

Nun wurde es noch einmal richtig schön. Der Indian Summer mit buntem Herbstlaub begleitete mich durch das Yukon Territory. Ich fuhr durch den Klondike zur Goldgräberstadt Dawson. Eine herrliche Landschaft und eine traumhafte Bergstraße. Die Straße lag so hoch und teilweise so frei, dass ich die Vorgebirge als Landschaft sah. Die klare Luft und der blaue Himmel erlaubten eine weite Sicht, und die Augen waren von dem Panorama so eingefangen, dass jede Kurve und Kehre lebensgefährlich wurde. Manchmal bemerkte ich sie just im letzten Augenblick. Leider waren die Schottersteine auf der Straße so spitz und die neuen Reifen so weich, dass mich die Fahrt von Tannacross in Alaska bis Dawson im Yukon zwei Reifen kostete. Ich fuhr mit meinen alten Reservereifen in Dawson ein und war heilfroh, dass ich keine weitere Panne gehabt hatte. Diesmal kaufte ich mir gebrauchte Qualitätsreifen. Viele Amerikaner lassen sich, wenn die Reifen abgefahren sind, gleich einen neuen Satz aufziehen. Die bessern der alten Reifen stehen vor der Werkstatt in einem Ständer, und man kann sich bedienen. So ein gebrauchter Markenreifen kostete mit Aufziehen nur sechs Dollar und hält länger, als die neuen Billigreifen aus Ersatzkautschuk. Die Originalreifen von VW hielten am längsten. Ich hatte sie noch bis zum Ende der Reise als Reservereifen.

Schon im Norden Kanadas und in Alaska war ich mit Schlittenhunden in Berührung gekommen. Hier im Yukon gehörten sie zum Leben. Diese Hunde faszinierten mich durch ihren Charakter, ihre Schönheit und Ausstrahlung. Das waren keine Schoßhündchen sondern Kameraden, die mit ihrem Besitzer zusammen

36. Ein Panoramablick aus dem Auto **37.** Die Brücke nach Dawson City im Yukon Territory **38.** Überreste von einem Raddampfer bei Dawson City **39.** Kranteile in einem ehemaligen Goldgräber-Tagebergbau

lebten. Wenn überhaupt einmal, dann einen Husky sagte ich mir. Erst 23 Jahre später erfüllte ich mir diesen Wunsch.

An einem Vormittag bekam ich einen Goldrausch. Ich hatte angehalten und mir ein altes, verlassenes Goldgräberbergwerk angesehen. In der Nähe gab es sogar noch die Reste der Siedlung, wo vor 100 Jahren die Goldgräber wohnten. Ganz klein pulte ich mit dem Finger an einer Böschungswand herum. Dann nahm ich ein Stöckchen zu Hilfe und als ich nach zwei Stunden „erwachte", hatte ich ein armtiefes, großes Loch in die Wand gebuddelt, auf der Suche nach einem Nugget. Da wurden mir die gewaltigen Abraumhalden, die es überall gab, verständlich. Es ist wie ein Fieber, das einen befällt und nicht mehr los lässt. In jedem Augenblick denkt man, jetzt muss es soweit sein, nur noch dieses kleine Bröckchen, und so geht es bis zur totalen Erschöpfung weiter.

In Dawson, am Yukon River, erhielt ich einen Eindruck von dem, was sich vor 100 Jahren abgespielt haben muss. Damals hatte Dawson rund 30 000 Einwohner, 1976 waren es 745, die am Tourismus sicherlich mehr verdienten, als früher die Goldgräber durch Schürfen. Alte verfallene Raddampfer am Flussufer, verlassene Lager mit Holzbauten und gewaltige Schutthalden von Erdreich zeugen vom einstigen Goldrausch. In einigen Bächen schwimmt „Goldflimmer". Er lässt die Wasseroberfläche goldig glänzen. Es handelt sich leider nicht um Gold, das man nur abzuschöpfen braucht, sondern um Goldalgen, die diesen Effekt hervorrufen. Ein kleines Museum in Dawson lässt die Goldgräberzeit aufleben und erahnen, was für Tragödien sich in dieser Gegend einst abspielten.

Von Dawson bis Watson Lake blieben die Landschaft und das Wetter traumhaft. Eines Tages fuhr ich zu einem Campingplatz, der rund 18 Kilometer von der Hauptstraße entfernt an einem großen See lag. Der Feldweg dahin war katastrophal, doch ich hatte mich mit solchen Wegen schon angefreundet. Am Seeufer lag ein altes, aber offensichtlich voll funktionsfähiges Boot. Ich war der einzige Camper. Es war schon Anfang September, die Nächte wurden bereits frisch, und der Tourismus erlahmte. Ich war eine kleine, steile Zufahrt zu einem Camp hinuntergefahren und hatte mich häuslich eingerichtet. Mit Seeblick, umgeben von fast unberührter Natur und in völliger Einsamkeit ließ ich genüsslich die vergangenen Wochen in mir vorbeiziehen und schrieb Tagebuch. Zwei Tage nach meiner Ankunft hörte ich Motorengeräusch. Ein alter Ford Pritschenwagen dümpelte auf den Campingplatz. Ein Indianer stieg aus, lud einen Außenbordmotor ab, machte sich am Boot zu schaffen und linste verstohlen zu mir herüber. Dann kam er zu mir und fragte mich, ob ich ihm helfen könne, sein Bootsmotor würde nicht anspringen. Ich sagte freudig ja und wollte am Motor herumfummeln, da drückte er mir eine neue Zündkerze in die Hand und den dazu passenden Schlüssel. Die vermeintliche Reparatur hatte er nur vorgetäuscht, um einen Anknüpfungspunkt zu haben. Nachdem ich die Zündkerze ausgewechselt hatte, lud er mich, „weil ich so freundlich sei", ein zum Fischen. Er hatte in einer Bucht, einige Kilometer weiter in Ufernähe, ein Netz gespannt. Wir fuhren über den See, holten das Netz ein und fanden zehn fette Weißfische und fünf Hechte. Ein Hecht war ein gewaltiger Brocken von mindestens 1,20 Meter Länge. Er reichte mir vom Schuh bis zur

Brustwarze. In jedem Hecht steckte noch ein Weißfisch. Die Hechte hatten sich offenbar auf die Weißfische gestürzt, als diese bereits im Netz zappelten und waren dadurch selbst ins Netz geraten.

Nach dem Fischen fuhren wir in der Abendsonne zurück. Im Boot lagen ein Repetiergewehr und eine Winchester. Der Indianer erzählte mir, dass er Jagdrecht habe und falls zufällig ein lohnendes Wild auftauche, er es erlegen würde. Im Sommer ging er zum Fischen und Jagen und im Winter als Fallensteller auf Pelztierjagd. Die Fische würden für die Hunde getrocknet und an Freunde verschenkt. Begehrtes Wildbrett verkaufe er. Seine Frau verarbeite die Felle zum Verkauf und mache aus den Resten kleine Souvenirs für Touristen. Außerdem bekamen sie vom Gou-

40. Unberührte Natur und Einsamkeit im Monat September
41. Mein Freund, der Indianer, mit dem größten Hecht aus dem Netz

vernement eine Rente. Zurück vom Fischen durfte ich mir einen Fisch aussuchen. Ich nahm einen Weißfisch, denn Hechte konnte ich selber angeln. Wir klönten noch ein Weilchen bei mir im Camp. Ich zeigte ihm einen Bildband von Würzburg und Umgebung und schenkte ihm zur Erinnerung eine Ansichtskarte von Würzburg. Zwei Tage später verließ ich den Campingplatz, der erste Raureif am Morgen schreckte mich auf. Vom Camp die steile Zufahrt hoch wurde zu einem kleinen Problem. Zum Schluss schaffte ich sie im Rückwärtsgang mit Vollgas gerade noch so. Ich hatte aber noch einige andere Möglichkeiten in petto. Von nun an ging es schnurstracks gen Süden. Die fast drei Wochen, die ich am Anfang der Reise in New York durch das Warten auf das Reisegepäck vertan hatte, fehlten mir jetzt. Die Reise durch Alaska und den Yukon endete wieder in Watson Lake, wo sich die beiden Straßen, die ich gewählt hatte, kreuzten.

Auf einem ziemlich belebten Campingplatz machte ich noch einmal eine Autoüberprüfung, weil die nächsten 1500 Kilometer nicht nach Service aussahen. Auf dem Campingplatz waren die Eichhörnchen so handzahm, dass sie zur Plage wurden. Ich fummelte am Motor herum und musste die Autotüren offen lassen, da ich alle Augenblicke etwas zu testen und einzustellen hatte. Die Eichhörnchen sprangen ins Auto und rissen alle Verpackungen auf. Da purzelten die Erbsen aus der Tüte, dort der Reis und Nüsse, und so ging es weiter. Vor lauter Wut und Zorn warf ich einen Stein nach einem Eichhörnchen, und wie es der Zufall will, ich traf. Der Stein hatte dem Eichhörnchen den Hüftknochen zerschmettert. Es konnte nicht mehr davon springen. Ich nahm mein Beil, schlug ihm den Kopf ab und beerdigte es. Dieser Vorfall, in all seiner Brutalität, verfolgte mich noch Jahrzehnte. Jedes Mal wenn ich daran dachte, schnürte es mir die Kehle zu. Man sollte es verbieten, Wildtiere, die in der freien Natur leben, so an den Menschen zu gewöhnen, dass sie jegliche Scheu verlieren. Sie werden dadurch nicht nur zur Plage für den Menschen, sondern auch zur Gefahr, beispielsweise die Bären, die von Touristen gefüttert werden.

Ich fuhr weiter und träumte fast jede Nacht von meinem Meuchelmord an dem Eichhörnchen. Es ging von Watson Lake über Stewart in Richtung Prince Ruppert, Prince George und Kamloops nach Vancouver. Zwischen Stewart und der nächsten ach so schönen Gravel road befand sich eine „Dirt road". Das ist die schlechteste, angeblich noch befahrbare Straße. Ich fuhr einen ganzen Tag lang im 1. und 2. Gang. Löcher, Wellen, Matsch und wackelige Brückchen aus Baumstämmen forderten höchste Konzentration und trieben den Angstschweiß aus allen Poren. Plötzlich rollte das Auto aus, der Motor lief munter weiter, alles schien in Ordnung, nur dass ich stand. Das hatte ich noch nicht erlebt. Ich dachte schon, vielleicht sind die Kupplungsbeläge abgerissen oder im Getriebe die Zähne der Zahnräder abgeschert. Doch so etwas geschieht nicht ohne Vorwarnung oder großen „Knall". Ich lief um das Auto herum, öffnete den Motorraum, sah den Motor laufen und war völlig ratlos. Dann fand ich den Grund. Durch das Schuckeln, Steinschlag oder was auch immer, war während der Fahrt der Gang in den Leerlauf gesprungen. Ich brauchte ihn nur wieder einzulegen und konnte weiterfahren. Je blöder die Panne, umso ratloser ist man bei der Fehlersuche. Nachdem ich - im Nachhinein voller Stolz - die Dirt road bewältigt hatte, wurde die Straße immer besser, und ich kam problemlos nach Vancouver. Kurz vor Vancouver traf ich an einem See auf einen Kanadier, der einen sehr ungewöhnlichen Job hatte. Er besaß einen großen Wohnwagen und einen mächtigen Straßenkreuzer. Mit dem Auto fuhr er alle Campingplätze, Picknickareas und andere Treffs ab. Dort sammelte er die Pfandflaschen ein, wusch sie abends im See aus und gab sie dann ab. Es ging ihm offensichtlich nicht schlecht.

42. Am Kreuzungspunkt „Watson Lake" ist ein Schilderwald, jeder der vorbeikommt, lässt etwas von sich zurück
43. Die Totempfähle der Indianer im Park von Vancouver

Vancouver ist eine von den Städten, von denen man sagt: „Das ist aber eine schöne Stadt." Ohne Bekannte und Freunde, die mit einem um die Häuser ziehen, ist sie, wie viele andere Städte auch, ein schöner Anblick. Ich habe für Städte offenbar nichts übrig. Man fühlt sich mehr als anderswo unter fremden Menschen. Die Freunde sind das Salz und Flair einer Großstadt. Das Ambiente, um eine Modewort zu benutzen, hat den faden Beigeschmack von Stadtrundfahrt im klimatisierten Bus mit Tonbanderläuterungen. Was geht den Wandersmann das an?

Von Vancouver bis Mexiko

Von Vancouver aus fuhr ich in die USA und dort durch die Bundesstaaten Washington, Oregon und California entlang der Küste bis San Francisco. Von San Francisco aus in südöstlicher Richtung zu den bekannten Touristenattraktionen: Yosemite National Park, Inyo National Forest, Death Valley, Las Vegas und Grand Canyon. Danach weiter in Richtung Süden durch die Orte Phoenix, Tucson und Nogales bis Magdalena in Mexiko. Nach einem kleinen Schlenker verließ ich Mexiko bei Douglas in Arizona.

Den Bundesstaat Washington erlebte ich nur vom Auto aus. In Oregon legte ich an der Pacific Küste eine längere Rast ein. Ich hatte Lust auf Sonne, Sand und Meer. Ich war auf einer kleinen Halbinsel mit dem gängigen Namen „Long Beach". Nach meiner Karte musste es möglich sein, diesen kleinen Zipfel zu Fuß zu umlaufen. Es sah sehr einfach aus. An der einen Seite am Rande einer Bucht entlang und zurück am Sandstrand der Pacific Küste. Die Wanderung wurde zur Qual. Ich musste Flüsschen durchschwimmen, Moore umgehen und im seichten Wasser, bis zur Hüfte, der üppigen Vegetation ausweichen. Das war bereits sehr kräftezehrend. Der Rückweg am Strand gab mir den Rest. Über den lockeren Sandstrand zu laufen war praktisch unmöglich. Es ging zu langsam und war zu anstrengend. Am Wasser, auf dem nassen Sand zu laufen, ging zwar flott, aber er war fest wie eine Betonpiste. Die Einheimischen fuhren bei Ebbe mit dem Auto am Strand entlang, wie auf einer Asphaltstraße. Bis zu meinem Auto waren es noch rund 15 Kilometer, und als ich es endlich erreichte, hatte ich mich völlig überanstrengt. Beide Knie waren dick geschwollen und die Fußsohlen „durchgelaufen". Ich konnte vor Schmerzen nicht mehr auftreten. Es ist ein Gefühl, als liefe man auf den blanken Knochen. Ich legte mich im Auto aufs Bett, und meine Beine zitterten wie Espenlaub. Um die Pedalen im Auto unter Schmerzen bedienen zu können, brauchte ich drei Tage. Dann ließ der Schmerz langsam nach, und nach einer Woche war alles vergessen.

Kurz hinter dem Ort „Eureka", im Norden von California, führte direkt an der Küste eine schmale, romantische Straße entlang. Ich fuhr in einem Bogen von der Hauptstraße ab und traf nach vielleicht 100 Kilometern wieder auf die Hauptstraße. Dieser kleine Umweg bescherte mir eine Kindheitserinnerung. Zwischen den beiden Örtchen „Ferndale" und „Petrolia" lag in einem Tal eine traumhafte Ranch.

44. Lückenbüßer, irgendwo im Nirgendwo in California **45.** Mein Camp mit den Wunderäpfeln, am westlichsten Punkt der USA

Ich fuhr durch ein Gatter und fand an einem, von hohen Bäumen eingesäumten Bach einen märchenhaften Lagerplatz. Ein großer Tisch war auch vorhanden. Ich fragte den Rancher, ob er es mir erlaube, hier einige Tage zu bleiben. Er gestattete es. Auf den Feldwegen fand ich ab und an vertrocknete Schlangenhäute, am Bach tummelten sich nachts Waschbären, und das Panorama mit Steilküsten und grünen Tälern hatte etwas Paradiesisches. Auf den Klippen im Meer tummelten sich Seehunde. Unweit von meinem Lager stand ein alter Apfelbaum, und die Äpfel waren reif. Ich pflückte mir einen Apfel. Der erste Biss erinnerte mich spontan an die Äpfel, die ich als Kind in Nachbars Garten geklaut hatte. Es war der gleiche süßsaure, herbe, frische, würzige und knackige Geschmack. *Ein kleines Wunder. Ich klaute mir, wie als Kind, gleich einen kleinen Eimer voll von diesen Wunderäpfeln. Jedes Mal war ich aufs Neue überrascht von der Wirkung, wenn ich in einen Apfel hineinbiss.*

Je näher ich San Francisco kam, umso häufiger wurden die Verbotsschilder. Der ganze Küstenstreifen war bis auf wenige Zugänge Privatbesitz. Es erinnerte mich an die große Freiheit in England. Jeder kann jederzeit zum Strand, aber nicht durch Privatland. Die wenigen freien Zugänge waren Campingplätze, Picknickareas und Aussichtspunkte. Alles gebührenpflichtig versteht sich. Einige Picknickareas waren von morgens 9 Uhr bis 20 Uhr geöffnet. Kam der Kassierer morgens zu spät oder hatte anderweitig zu tun, konnte man umsonst hineinschlüpfen. Zum Schlafen musste man sich rechtzeitig nach einem Stellplatz umsehen. Die große Freiheit des menschenleeren Nordens war dahin. Auf einigen Campingplätzen wurde am späten Nachmittag kassiert, der Kassierer fuhr von Camp zu Camp. Kam man später am Abend und fuhr am nächsten Tag vor 16 Uhr weiter, konnte man sich vor dem Bezahlen drücken und trotzdem alle Bequemlichkeiten genießen. Das spart auf Dauer eine Menge Geld.

Am 10. Oktober war ich in San Francisco. Es war wie im Film, alles stimmte. Die Straßenbahn fuhr eine steile Straße hinauf und wieder hinab. Der botanische Garten war eine Pracht, und es gab ein japanisches Teehaus - ohne Geisha. Der Zoo und die Parks waren sehenswert und auf den öffentlichen Toiletten, dem Ge-

sicht einer Stadt, gab es Wegwerf-Papierauflagen in Klosettdeckelform als Hygieneschutz.

46. San Francisco an einem Nebeltag **47.** Im botanischen Garten von San Francisco

Wieder einmal eine schöne Stadt, mit der ich ebenso wenig anfangen konnte wie mit den anderen. Am Strand, er war recht belebt, bewunderte ich die neuen Sportarten aus der Nähe. Dazu gehörten Drachenfliegen, Strandsegeln, Wellenreiten und Kajakfahren, im gleichen Stil wie beim Wellenreiten. Ganz unbekannt waren mir die „Strand-gleiter". Sie hatten ein großes, rundes, tellerartiges Brett. Dieses wurde im flachen Wasser auf den Strand gelegt und erhielt einen Schubs. Dann lief man hinterher und sprang auf das Brett. Durch den Schwung beim Aufspringen sauste das Brett, durch den Aquaplaningeffekt, über den nassen Sandstreifen. Der Vorgang wiederholte sich, ähnlich wie beim Skateboard. Die größte Überraschung war die Ausdehnung von San Francisco. Von dem relativ kleinen Zentrum aus konnte man 50 Kilometer in jede Richtung fahren und war immer noch in San Francisco. Das Umfeld hatte ländlichen Charakter mit großen, weit auseinander gezogenen Villenvierteln. Nach einigen Tagen fuhr ich weiter zum Yosemite National Park.

Der Park erinnerte mich an den Harz, ohne Orte und Menschen. Die Natur hatte ähnlichen Charakter, nur viel üppiger und felsiger. Ich fand dort eine kleine Lichtung mit einem gewaltigen Findling. Er hatte einen Durchmesser von schätzungsweise fünf Metern. Oben war er ein wenig abgeflacht und in der Mitte befand sich eine flache Mulde. Tagsüber wärmte die Sonne den Findling auf und nachts gab er seine Wärme ab. Ich schlief auf dem Felsen einige Nächte, obwohl es bereits Nachtfröste gab. Ich lag im Mumienschlafsack auf einer Kunststoffmatte in der Mulde und zählte vor dem Einschlafen statt Schäfchen Sternschnuppen.

Nach jeder Schnuppe sagte ich mir, eine wartest du noch ab. Nach fünf bis sechs Sternschnuppen schlief ich meistens ein. Mit den ersten Sonnenstrahlen wachte ich prächtig ausgeschlafen und unternehmungslustig auf. Es war sehr beruhigend, auf dem Findling zu schlafen. Er strahlte Geborgenheit aus und wirkte so unverrückbar und zeitlos.

48. Der Yosemite National Park **49.** Eins meiner seltenen Selbstbildnisse **50.** Das Panorama in meinem Umfeld

Der nächste überwältigende Eindruck war der „Inyo National Forest", ein Hort der Ewigkeit. Am Eingang des Forstes stand ein Schild mit einem durchgestrichenen Wassereimer. Es gab keine Quellen und kein Wasser in diesem Gebiet. Der Forst lag in den "White Mountains", rund 3000 Meter über dem Meeresspiegel (10 000 feet). Hier fand ein Herr Schuhmann - bis auf Widerruf? - die ältesten Bäume der Erde. Es gibt den „Schuhmann Memorial Grove", Schuhmann Gedächtnis Hain, mit Informationen. Danach soll der älteste Baum, die „Pine Alpha" ein Alter von 4800 Jahren erreicht haben. Ihr Standort ist nicht aufgezeigt, wegen der Souvenirjäger. Dafür aber Bäume mit einen Alter von 3500 bis 4300 Jahren, natürlich so gut wie abgestorben, aber nicht verrottet. Das Alter und die Haltbarkeit wird mit dem Klima erklärt. Es ist das ganze Jahr über eine sehr trockene Luft mit höhenbedingt wenig Sauerstoff. Die Bäume leben von der Feuchtigkeit die sich durch das Schmelzwasser im Frühjahr, in tiefen Spalten und Kavernen sammelt. Durch dieses Klima wird das Wachstum der Bäume verlangsamt und durch den Wassermangel und die Trockenheit kann das Holz nicht verrotten. Es wirkt wie eine Geisterlandschaft, überall ragen von der Sonne ausgebleichte Bäume und Äste ohne Rinde in den Himmel. Wie weiße, spitze Knochen. Dazwischen Gehölze in Grün, mit den jüngeren noch lebenden Bäumen. Die Bäume sind nicht besonders hoch oder gewaltig. Es handelt sich um Pinien, ähnlich den Berg- und Latschenkiefern in Deutschland.

An den noch lebenden Bäumen lehnten oft lange Stangen. Die Indianer kommen im Herbst zur Ernte. Mit den Stangen werden die Kienäpfel abgeschlagen und die Samen in ihnen aufgelesen. Ein Samenkorn hat etwa die Größe und Form eines Erdnußkernes. In der Pfanne erhitzt, platzt die dünne, harte Schale des Samenkornes. Der Samenkern schmeckt wie eine Mischung zwischen Pistazien- und Erdnußkern. Noch pikanter werden sie mit etwas Salz. Die Samen werden in kleine Tütchen abgepackt und für teures Geld als Delikatesse an Touristen verkauft. Fünfzig bis hundert Gramm für einen Dollar. Ich hatte sie umsonst.

51. Abgestorbene Pinie im ältesten Wald der Erde **52.** Ein Wald für die Ernte von Piniensamen, in 3000 Meter über dem Meeresspiegel

Bizarr und eindrucksvoll ist das Landschaftsbild. Die Weitsicht über Gebirgsketten, Hügel, Wälder und Täler in einer klaren, hitzefiebrigen Luft. Im näheren Umfeld die Gegensätze von tausende Jahre altem Holz und jungem Grün. Die felsige, zerklüftete

und unregelmäßig bewachsene Bergregion erinnert ein wenig an die Baumgrenze in den Alpen, nur, dass das Gebiet plateauähnlich ist. Ehrfürchtig und würdig ist das Feuer. Das alte, vertrocknete Unterholz brennt mit bläulicher Geisterflamme. Aus dem Gefühl heraus hält man sein Feuer so klein wie möglich. Prassen ist durch die karge Landschaft wie ein Vergehen. Das alte Holz sieht äußerlich wie Hartholz mit feinen Fasern aus. Beim Schnitzen merkt man, dass es weich ist, eben Kiefernholz, aber durch die Austrocknung im Gefüge dichter. Mit jedem tieferen Schnitt verändert sich die Farbe des Holzes. Außen bleich und weiß, dann grau, hellbraun bis hin zu rötlichbraun. Die Witterung hat die ganz alten Bäume völlig glatt geschliffen und die etwas jüngeren verdorrten haben Muster, Rillen, Riefen und Narben.

Ich wurde zum Schnitzen verleitet und brauchte nur den natürlichen Formen zu folgen, um kleine Schmuckstücke, Spazierstöcke und Fantasieprodukte zu produzieren. Ein Scheibchen aus einem Ast herausgesägt und beidseitig poliert wirkte bereits durch die verschiedenen Farben des Holzes und den geriffelten, schneeweißen Außenrand. Das war nicht mehr zu verbessern. Die Tage waren knallheiß, die Sonne brannte wie Feuer, und die Nächte kamen einem durch die Temperaturdifferenz eiskalt vor. Ich konnte stundenlang auf einem Felsbrocken oder in einer Baumkrone, wie in einem Ohrensessel, sitzen und melancholisch, mit leerem Blick, das Panorama schemenhaft aufnehmen.

Bei sparsamen Umgang benötigte ich nur drei Liter Wasser pro Tag. Zwei Liter zum Kochen und Trinken und ein Liter für die Hygiene. Geschirr und Töpfe kann man mit Sand säubern und mit einem feuchten Tuch nachwischen. Zum Zähneputzen reicht ein Kaugummi. Für die Körperpflege macht man sich kleine Portionen und beachtet eine sinnvolle Reihenfolge. Lässt man die Schwebestoffe im Wasser sich noch einmal absetzen, kann man es auch noch für grobe Putzarbeiten verwenden. Außerdem sorgen Sonne, Sand, Wind und Pflanzen für eine natürliche Durchlüftung und lassen sich als Wasserersatz vielseitig verwenden. Mein Wasser reichte für gut eine Woche, und dann war es ohnehin höchste Zeit zum Abreisen.

Mittlerweile ging es auf Ende Oktober zu. Am 24. Oktober war ich in dem Tal „Death Valley", dem heißesten Ort in den USA, an der Grenze von Nevada. Das Tal hat eine Länge von rund 200 Kilometern. Die tiefste Stelle liegt 86 Meter unter dem Meeresspiegel und die höchste Bergspitze ragt 3368 Meter über dem Meeresspiegel in den Himmel. Das Tal ist beidseitig von Gebirgsketten zwischen 1000 und 3000 Meter über den Meeresspiegel eingeschlossen. Am ersten Tag, quasi am Talzugang, sah ich mir „Scotty's Castel" an. Hier verbrachten viele Präsidenten der USA ihren Urlaub und auch der legendäre Buffalo Bill soll hier zu Besuch gewesen sein. Die Reiseroute führte in Serpentinen in die Berge und wieder hinunter und dann fast schnurgerade durch sonnenverbrannte Täler. Gut eine Woche rastete ich auf einem Campingplatz am „Furnace Creek". Eine der wenigen Wasseroasen mitten im Death Valley, im Tal des Todes. Der

Campingplatz war bis 1. November gebührenfrei, dann erst beginnt die Saison. In dem kleinen Ort gab es alles, was man brauchte, allerdings zu überhöhten Preisen. Neben Hotels, Gaststätten, Geschäften, der Post und einer Tourist Information mit Ausstellung gab es schattige Dattelpalmenhaine und einen großen, sehr gepflegten Golfplatz. Zum Überwintern für besser Gestellte ein idealer Platz. Wer weniger Geld hat, müsste alle zwei Wochen nach Nevada zum Einkaufen fahren, dort ist es am billigsten, fast steuerfrei. Der Reichtum des Tales war früher der Borax, der im großen Stil in den Boraxseen (Salzseen) im Tagebau abgebaut wurde. Zum Transport diente die „Death Valley Railroad". Eine Lokomotive dieser Eisenbahn ist im Freilandmuseum zu besichtigen.

Die Hitze war gewaltig, mitunter 50 bis 60 °C in der Sonne, aber nicht unangenehm. Die Luft war so trocken, dass der Schweiß auf der Haut verdunstete. Die trockene Luft wirkte wie eine finnische Sauna im Freien, leicht durchfächelt vom Wind. Ich konnte ohne zu schwitzen Holz hacken oder nur mit Sandalen und Turnhose bekleidet wandern und zwar auch bergauf, ohne nennenswerte Anstrengung.

Die karge Natur außerhalb der Oase hat ihren eigenen Reiz. Eine kleine blaue Blume im Tal wird einige 100 Meter höher bereits hellblau, dann blauweiß und später weiß mit aufgehauchtem Blauschimmer. Kakteen, palmenartige Büschel und harte Gräser blühten in leuchtenden Farben. Verlaufen ist unmöglich. Die karge Landschaft mit weiter Sicht gibt immer genügend Anhalts-

punkte. Nur in den Entfernungen verschätzt man sich leicht. Die Bäume am „Furnace Creek" muten aus der Ferne an wie Ziersträucher, die mit Blumen geschmückt sind. Die Ruhe ist sagenhaft, man kann sie hören und fühlen. Das Rascheln der Palmen im leichten Wind ist das lauteste Geräusch.

53. Die Autostraße durch Death Valley **54.** Die alte Dampflok, ausgestellt auf der Furnace Creek Ranch

Man muss sich still verhalten und genau hinhören, um es wahrzunehmen. Die Landschaft ist mehr Wüste als Steppe und manchmal durchläuft sie eine Windhose. Eines Tages tauchte eine auf dem Campingplatz auf. Unten hatte sie den Durchmesser eines Bierdeckels und sprang gar lustig umher. Sie wirbelte den Sand auf und hinterließ eine Rinne. Zum Himmel hin bildete sie einen langen, schmalen, trichterförmigen Schlauch, der sich wie eine eigenwillig gezackte Wellenlinie durch die Luft bewegte. Sie war eine neckische Miniaturwindhose.

Auf dem Campingplatz lernte ich ein junges Paar aus England kennen, und wir freundeten uns an. Sie waren ein Wunder an Sparsamkeit. Im Monat verbrauchten sie bei 2000 Fahrkilometern nur 140 Dollar. Zum Vergleich: Ich war mittlerweile bei 160 Dollar, rund 400 DM, angelangt und dachte, das sei schon fast das Minimum. Allerdings fuhren sie mit optimaler, benzinsparender Geschwindigkeit, bergab im Leerlauf und nahmen jedes essbare Kräutlein und jede Frucht mit, die am Wegrand standen. Gebührenpflichtige Campingplätze benutzten sie nur, wenn man sich ohne zu bezahlen einschmuggeln konnte. Der Engländer hatte am „Furnace Creek" gerade einen kleinen Job als Müllfahrer und fuhr einen Pritschenwagen seines Auftraggebers. Sofort musste ich mit zwei Kanistern zum Müllplatz kommen und Benzin absaugen. Ich verabredete mich mit den beiden in Las Vegas. Mir war das sehr recht. Zum einen waren sie angenehm und hatten keine Sprachprobleme in Amerika, und zum anderen konnte ich einiges von ihnen lernen. Weil sie noch weniger Geld hatten als ich, mussten sie zwangsweise cleverer sein als ich, um über die Runden zu kommen, und da lohnt es sich, Mäuschen zu sein.

In Las Vegas trafen wir uns auf einen großen Parkplatz, neben dem „Thunderbird Casino". Wir stellten unsere Busse in V-Form nebeneinander. Die hinteren Stoßstangen berührten sich und vorne konnte man beide Türen öffnen, so dass sich ein geschlossenes Dreieck bildete. Das war sehr günstig zum Duschen. Von der Casinotoilette holten wir Wasser in Kanistern. Dann stellten wir einen Wasserkanister auf das Autodach und saugten durch einen Schlauch Wasser an. Erst anfeuchten, dann den Schlauch nach oben halten und die Wasserzufuhr unterbrechen.

55. Seitlich von diesem Casino war unser Standplatz in Las Vegas

Nach dem Einseifen reicht das Wasser noch zum Abspülen. Von außen sah man nur die Beine und den Kopf im Fenster der Wagentür. Es klappte prima, war erfrischend und in seiner Schlichtheit irgendwie originell. Da ein Parkplatz keine Sehenswürdigkeit ist, fiel es auch nicht weiter auf.

In Las Vegas konnte man, vorausgesetzt man spielte nicht, Bargeld, Essen, Trinken sowie kleine Dienstleistungen und Souvenirs umsonst erhalten. Wir nahmen uns vor, herauszufinden, wie viel Geld und andere Dinge sich in Las Vegas an einem Tag einsammeln ließen. Ein interessantes Hobby. Durch den unersättlichen Bedarf des englischen Pärchens entwickelten wir uns zu „Geiern der Spielhöllen". Wir kannten, bereits nach zwei Tagen, rund 40 Casinos in den Spielzentren „The Strip" und „Casino Center". The Strip und Casino Center waren zwei sich kreuzende Straßen. Auf beiden Straßenseiten befanden sich Hotels und Spielkasinos. In unsere engere Wahl fielen 20 Casinos, bei denen man günstig absahnen konnte. Bald fanden wir auch Anschluss und lernten einen Amerikaner, einen Italiener, einen Holländer und einen Australier kennen, die sich ebenfalls durchschnorrten und mit denen wir Tipps austauschten. Umsonst essen, trinken, Souvenirs einsammeln und kleine Dienstleistungen in Anspruch zu nehmen war völlig problemlos. Bargeld zu ergattern war aufwendiger. Täglich 3 bis 5 Dollar Reingewinn pro Person, das fiel nebenbei mit ab. Bei 6 bis 10 Dollar war es bereits Sport und 11 bis 15 Dollar harte Arbeit.

56. „ON THE STRIP". Beidseitig der Straße sind Spielcasinos. Las Vegas ist ein gigantischer Jahrmarkt und Rummelplatz

Den ersten Eindruck erhielten wir in der Tourist Information. Mein englisches Pärchen forstete alles gründlich durch und verklickerte mir die Einzelheiten. In der Tourist Information erhielt jeder Besucher ein schon fertig gepacktes Kuvert. Es enthielt einen Casinoplan von Las Vegas und von mehreren Casinos „Funbooks, Coupon Books, Fun Checks, Fun Sprees, Giftbooks usw." Diese Heftchen sind Lockangebote der Casinos. Sie enthalten als Anreiz freies Essen und freie Getränke, Freispiele, Bargeld und andere Kleinigkeiten wie Souvenirs, freies Parken, ein kostenloses Foto oder eine freies Telefongespräch innerhalb der USA. Weiterhin Hinweise auf kostenlose Striptease-, Musik-, Circus- und

Akrobatikshows. Man muss die Angebote gewissenhaft studieren und sich seinen Teil davon sichern. Blass ist alle Theorie, deshalb gebe ich hier ausschnittsweise einige konkrete Hinweise, wie es läuft:

Bargeld umsonst

Jedes Casino hatte ein anderes System. In einem Casino konnte man an der Kasse für 5 Dollar 6 Dollar in Fünf-Cent-Münzen für die Spielautomaten bekommen. Reingewinn ein Dollar, denn die Münzen ließen sich zurückwechseln. In einem anderen Casino erhielt man für 5 Dollar Fünf-Cent-Münzen und vier Coupons. Diese Coupons ließen sich im Abstand von 15 Minuten in jeweils 25 Cent umtauschen. Woanders bekam man 50 Cent Bargeld und 10 Freispiele für die Spielautomaten, die einarmigen Banditen als Bonus oder 25 Cent, ein Souvenir, 10 Freispiele und einen freien Drink an der Bar. In der Nobelklasse konnte man bis zu 5 Dollar umsonst bekommen, aber diese „Books" hatten nur die Gäste der Nobelhotels. Das Prinzip war überall ähnlich. Es galt, die Spieler zu locken und aufzuhalten. Wollte man mehr Geld machen, musste man zwei bis drei Casinos gleichzeitig miteinander verbinden und hin und her springen. Da alle Casinos 24 Stunden geöffnet haben und in drei Schichten arbeiten, beehrten wir die für uns lukrativsten Casinos mehrmals täglich. Einmal testeten wir ein Casino aus. Am Eingang des Casinos stand auf der Straße „FOLLOW THE YELLOW LINE", folge dem gelben Strich. Ein dicker gelber Strich führte zur Kasse und jeder bekam einen Bieruntersetzer aus Kunststoff, 25 Cent und einen

Gutschein für eine Postkarte im Souvenirladen nebenan. Wir folgten der „YELLOW LINE" im Kreisverkehr. Nach dem 5. Mal hintereinander sprach uns der Rausschmeißer an und erklärte uns, dass dieser Service nur für einmal täglich pro Besucher gedacht sei. Wir entschuldigten uns höflich und zogen weiter. Wegen ein paar Cents macht sich kein Rausschmeißer die Hände schmutzig, sofern man kein Aufsehen erregt. Sollte man sich allerdings aufblasen, sieht das sicherlich anders aus, denn Trouble duldet kein Casino. Das wäre geschäftsschädigend. Diese Grenze muss man kennen und respektieren. Der Ausländerbonus, etwas gespielte Naivität, Freundlichkeit und Bescheidenheit nehmen die Luft heraus. Krawalle liebt Las Vegas nicht.

Essen und Trinken

Hier war es ähnlich, wie beim Bargeld. Die Kasinos der Mittelklasse hatten eine Rolle mit Abreißnummern irgendwo am Eingang oder an einer Wand. Man riss sich einfach eine Nummer ab. Wurde diese Nummer aufgerufen oder an einer Tafel angezeigt, setzte man sich an die Bar und erhielt für seine Abreißnummer ein Essen sowie Getränke. Zwischen 6 Uhr und 11 Uhr gab es beispielsweise ein Frühstück mit zwei Eiern, Speck, Tomatenketchup, Bratkartoffeln, Toast, Butter, Marmelade, Fruchtsaft und Kaffee. Zwischen 17.30 Uhr und 21 Uhr gab es beispielsweise ein Beef Stew, das war ein Rindergulasch mit Gemüse, Kartoffeln, Beilagen, Butterbrot und Fruchtsaft. Von Mitternacht bis 4 Uhr früh gab es Steak mit Ei und Toast sowie Saft und Kaffee. Der Trick war, dass es immer einige Zeit dauerte, bis man aufgerufen wurde und in der Zwischenzeit spielen sollte. Einen Zwischenimbiss, wie einen „Donat", ein Kuchenbrötchen, und Kaffee oder Saft, gab es jederzeit. In den Nobelcasinos ging der Speiseservice so weit, dass man an einem Tisch mit schneeweißer Tischdecke à la carte bedient wurde und mit einem Bon aus dem „Coupon Book" bezahlte. Alkoholische Getränke, was auch immer, konnte man auf ähnliche Weise erhalten. In irgendeinem „Book" fand man immer das Gewünschte, z. B. einen Drink freier Wahl an der Bar. Spieler an den Tischen, wie beim Poker, Blackjack (17+4) oder Roulette, hatten alle Drinks frei. Mein englischer Freund spielte manchmal Blackjack mit niedrigsten Einsätzen und ließ sich dabei nach allen Regeln der Kunst volllaufen. Das haben die Engländer gut drauf, mir fehlte dazu der Schneid. Ein Mangel an Casinos mit gutem Essen und freien alkoholischen Getränken bestand nicht. Wir wurden allmählich zu Feinschmeckern und wählten sorgfältig aus dem Angebot aus.

Souvenirs und Shows

Die Souvenirs nahmen bald überhand. So viele Schlüsselanhänger, Bierdeckel, Postkarten und anderen Schnickschnack konnte keiner verkraften. Lohnenswert waren die Spielkarten. In den Casinos wurden nach jedem längeren Spiel die benutzten Karten durch neue ersetzt. Die alten Karten wurden entwertet, indem man ein kleines Loch hineinstanzte oder eine Ecke abschnitt. Das geschah einmal im Interesse des Casinos, das Angst hatte, von den Spielern durch gezinkte Karten übers Ohr gehauen zu werden und umgekehrt auch im Interesse der Spieler, die gleiche

Ängste hatten. Die entwerteten Karten konnte man sich als Souvenir mitnehmen. Man brauchte nur an der Kasse zu fragen und bekam ein paar Spiele geschenkt. Sie waren fast nagelneu, und das kleine Loch störte nicht.

57. Das Casino Circus Circus von außen **58.** Das Casino Circus Circus von innen, mit „einarmigen Banditen" im Vordergrund

Jeder von uns hatte bereits nach drei Tagen einen Schuhkarton voll mit verschieden Books der Casinos und anderen lohnenswerten Angeboten. Kam einer von uns an einem Casino oder einer Tankstelle vorbei, wo gerade neue Books in die Sichtkästen gelegt wurden, griff er sich eine Handvoll und dann tauschten wir, je nach Bedarf. Morgens saßen wir mit unsern Schuhkartons voller „Books" neben den Autos und besprachen den Schlachtplan. Dann tingelten wir los. Schwerpunktmäßig besuchten wir, wie schon erwähnt, 20 Casinos und testeten alle, an denen wir vorbeikamen. Durch dieses Tingeln von Casino zu Casino wussten wir sehr bald, wann in welchem Casino die beste Stimmung war, wo die heißesten Shows liefen, in welchem Casino und an welchem Roulettetisch der faszinierendste Croupier arbeitete und wie man an ein Autogramm von Joe Luis kommt. Er saß allabendlich im Casino „Circus Circus".

Den Croupiers bei der Arbeit zuzusehen war ein Hochgenuss. Man konnte sich kaum losreißen von dem Pfiff, mit dem sie die Kugel sausen ließen. Wir waren bereits nach wenigen Tagen total gestresst. Durch die vielen Angebote und unsere Selbstverpflichtung abzusahnen, arbeiteten wir drei Schichten und kamen nur noch stundenweise zum Schlafen. Außerdem hieß es, allzeit die Augen offen halten, denn die besten Angebote lagen auf der Straße, in den Papierkörben und auf den Parkplätzen. Die reichen Besucher von Las Vegas, die in den Nobelhotels wohnten, hatten die „Coupon Books" der Oberklasse. Wir kannten sie alle. Da viele dieser Besucher nur ein oder zwei Lockangebote wahrnahmen und ihr Book dann wegwarfen, lagen die dicksten Dollars, das feinste Essen und die besten Angebote praktisch auf der Straße. Ob man 50 Cent oder 5 Dollar in wenigen Minuten einstreicht, das ist schon ein gewaltiger Unterschied. Auch wird man schnell zum Gourmand, wenn das Angebot entsprechend ist.

Bekanntschaften und edle Genüsse

Jeder hatte in Bezug auf Toiletten seine besonderen Vorlieben. Ich ging am liebsten im Casino des „MGM Grand Hotel" und im Casino „Circus Circus" aufs Töpfchen. Die Toiletten waren ausgestattet wie Kosmetiksalons. Ein großes „Foyer", gefliest, mit Mamorwaschbecken und allerlei Parfüms und Essenzen auf den Bords über den Waschbecken. Für das kleine und große Geschäft gab es getrennte Säle vornehmster Ausstattung. Ich saß wie auf einem Königsthron, umgeben von zarten Pastelltönen in einer aromatisch parfümierten Atmosphäre und erleichterte mich meditativ. Alles kostenlos, den diese Casinos waren viel zu vornehm und edel, als dass ein Toilettenmann die Hand aufhielt.

Besonders fürsorglich betreute uns ein Italiener. Er erzählte uns, dass er in New York Leibwächter bei einem Mafiaboss gewesen sei und zusammengeschossen wurde. Das war auch glaubhaft. Er zeigte uns seine Schussverletzungen an den Beinen. Es waren gewaltige Löcher, und er hatte echte Probleme beim Laufen. Nun arbeitete er als Autohändler in Las Vegas. Er lud uns zum Essen ein und gab jedem vorher die Coupons zum Bezahlen. Wir fuhren in seinem Oldsmobil vor, einem Oldtimer, der bestimmt mehr wert war als ein Neuwagen. Beim Essen erzählte er aus seinem Leben und machte mit uns anschließend eine Führung durch die Casinowelt. Tage später schenkte er mir einen ausgezeichneten Satz Chrom-Vanadium-Steckschlüssel. Manchmal kam mir der Verdacht, dass das englische Pärchen mich heimlich als deutschen Journalisten hofierte, der über Las Vegas schreiben wolle. Warum auch nicht? Der Holländer und der Amerikaner, die wir kennen gelernt hatten, erzählten uns auch einige Stories. Der Amerikaner erzählte mir, dass viele geschiedene Ehemänner sich nach Las Vegas absetzten und sich auf irgendeine Weise eine neue Identität zulegten, um den Unterhaltszahlungen zu entgehen. Ein geschiedener Ehemann wird in den USA häufig ausgenommen wie eine Weihnachtsgans und hat kaum eine Chance, ein neues Leben anzufangen, solange er auffindbar ist.

59. In diesem Casino dinierten wir mit dem Italiener aus Las Vegas

Eine Besonderheit in Las Vegas ist die Toleranz in der Kleidung, sofern sie sauber ist. Ob Frack, zerfledderte Jeans oder Kimono, ob lange Haare, Glatze oder unrasiert, es macht keinen Unterschied. Geld kann überall stecken, und wer wie ein armes Luder aussieht, muss noch lange keines sein. Dieses Gemisch in aggressionslosem Nebeneinander erzeugt die angenehme, freizügige Spielatmosphäre, die für Las Vegas typisch ist.

Der Australier, der sich nach ein paar Tagen zu uns gesellte, war ein Kapitel für sich. Er war offensichtlich total blank, verkaufte seinen alten Mercedes-Kastenwagen in Las Vegas und fragte mich, ob ich ihn ein Stück mitnehmen würde. Ich willigte ein und bedauerte es bereits nach wenigen Tagen. Übrigens lassen sich alte Autos aus Europa, wegen ihres Seltenheitswerts, erstaunlich gut verkaufen. In den zehn Tagen, die ich in Las Vegas verbrachte, machte ich 80 Dollar Reingewinn und gab insgesamt 4 Dollar und 99 Cent aus. Ich hatte beim Roulette einmal 5 Dollar auf eine Zahl gesetzt und verloren. An einem einarmigen Banditen, einer Slot-Maschine mit 1 Cent Einsatz, hatte ich 100 Prozent, also 1 Cent, gewonnen. Das ergibt 4,99 Dollar Verlust. Man sieht daran sehr deutlich, Spielen lohnt sich nicht! In Las Vegas gab es Slot-Maschinen von 1 Cent bis 10 Dollar pro Spiel. Die riesige 10 Dollar Maschine stand im „Casino Center" zur Straße hin. Sie sah aus wie ein Schaufenster. Gespielt wurde mit Spielmarken, von denen das Stück 10 Dollar kostete. Mit ihr konnte man bei einem Spiel maximal eine Million Dollar gewinnen. Gewinnchancen schätzungsweise wie beim Zahlenlotto. Ich glaube, man musste für den Hauptgewinn 10 Joker in einer Reihe haben.

Mittlerweile war ich fix und fertig. Die zehn Tage waren ein einziger Schlauch. Das englische Pärchen wollte noch weitermachen. Sie hatten in den 10 Tagen gemeinsam 300 Dollar Reingewinn zusammengetingelt. Das war mehr, als man durch Jobs verdienen kann. Die meisten Jobs waren nämlich Hilfsarbeiten, wie Müll entsorgen, Rasen mähen und ähnliches und wurden in der Regel nur mit Essen entlohnt. Das heißt, man durfte in einem bestimmten Lokal essen, und der „Arbeitgeber" bezahlte das dann.

Am 14. November verließ ich Las Vegas in Richtung Grand Canyon, den Australier als Reisegepäck. Er war bildschön, ein Adonis von Gestalt, Gesichtszügen und Proportionen und ein begnadeter Angeber. Das war aber auch schon alles, was er zu bieten hatte. Vom Charakter und Verhalten her war er ein eingebildeter, stinkfauler, feiger, aufgeblasener Schlappschwanz. So einem Typen war ich in meinem ganzen Leben noch nie begegnet. Hielt ich am Abend an und bereitete das Camp vor, saß er Trübsal blasend und frierend auf einem Stuhl oder Baumstumpf, rührte keinen Finger und wartete auf das Essen. Meinen Wintermantel hatte er sich wie ein Eliteoffizier im Film über die Schultern gelegt. Wenn ich ihn bat, Wasser zu holen, kehrte er mit einem halbvollen Kanister zurück und fragte, ob das reicht. Ein voller Kanister war ihm zu schwer.

Die schäbigste Gemeinheit leistete er sich am Grand Canyon. Ich hatte den Vorschlag gemacht, nur einen Rucksack für die Tour ins Tal zum Colorado River mitzunehmen.

60. Brücke zur „Phantom Ranch" im Tal des Colorado River

Wir wollten ihn abwechselnd tragen, so dass jeder ein wenig mehr Bewegungsfreiheit hatte. Der Abstieg, rund fünf Stunden, klappte auch recht gut. Wir wechselten alle Stunde und kamen wohlbehalten auf der „Phantom Ranch" an. Dort gab es für die Übernachtung Betten und sanitäre Anlagen. Auch ein schönes Lokal war vorhanden, und am Abend saßen wir, mit Gitarrenmusik, am Lagerfeuer. Das Panorama und die Abendstimmung waren die kleine Anstrengung des Abstiegs wert. Die zarten, schönen Schultern meines Australiden hatten allerdings kleine

Druckstellen, von den Tragriemen des Rucksacks, die ihn sehr betrübten, und er jammerte mir die Ohren voll.

Am nächsten Tag machten wir uns auf den Rückweg. Der Weg führte zwangsläufig bergauf, war länger als der Abstieg und wurde auf den letzten Kilometern teilweise recht steil. Mein Australide nahm, oh Wunder, als erster den Rucksack auf. Nach 1½ Stunden machten wir eine kleine Rast und tauschten den Rucksack. Zwei junge Frauen zogen gerade an uns vorbei, und er bot sich an, ihnen ein Gepäckstück abzunehmen. Dann sah ich ihn nicht wieder. Er lief flott und ohne Rucksack voraus, und ich schleppte seinen und meinen Krempel über sieben Stunden lang hinterher. Als ich es endlich geschafft hatte, lag er ganz entspannt, die Beine weit von sich gestreckt, am Kamin im Foyer des Hotels in einem Liegestuhl. Er erzählte mir, dass er gerade eine Party klargemacht habe und ich ihn nur noch hinzufahren brauchte. Ich brüllte „fuck on!", und alle Leute im Foyer brachen in Lachen aus, manchen kullerten sogar Tränen aus den Augen. Ich hatte „fuck off!", also verpiß dich, hau ab, verfick dich, sagen wollen, aber in meiner unheimlichen Wut die Präpositionen verwechselt. Eine Wortverbindung „fuck on" gibt es überhaupt nicht, aber jeder hatte aus der Situation heraus begriffen, was ich sagen wollte, und ich muss furchtbar komisch gewirkt haben. Mir blieb nichts weiter übrig als mitzulachen, ohne zu wissen weshalb. Das begriff ich erst später. Ich nahm meinen Australiden noch ein Stück bis zur Stadt Phoenix mit, denn vom Grand Canyon wäre er schlecht weggekommen und schob ihn dann ab. Das Maß war voll!

61. Da sitze ich und pausiere, mitten im Grand Canyon

Nun fuhr ich befreit weiter und kurz hinter der Stadt Tucson, nicht weit von der mexikanischen Grenze, auf einen Campingplatz. Dort suchte ich Feuerholz und fand ein paar stattliche, aber viel zu dicke Äste. Ich holte meine Holzfälleraxt heraus und ließ sie heruntersausen. Es machte „pling", die Axt federte zurück, wie wenn ich auf einen Amboss geschlagen hätte, und ich hatte mir beide Handgelenke geprellt. Im Volksmund heißt der Baum, von dem die Äste stammten, Eiseneiche. Das Holz ist so hart, dass man sehr bedacht einen Riss aussuchen und ihn genau treffen muss, um es zu spalten.

Am Abend traf ein Van mit Tracy und Nicki ein. Tracy war eine bildschöne Frau mit einer sagenhaften Figur, grauen Augen und einem melancholischschalkhaftwarmen Gesichtsausdruck. Das Gesicht war eingerahmt von vollem, rötlichbrünettem, kräftigem Haar, das sich lockig kräuselte. Nicki, ihr Freund oder Mann war schlank, groß und kräftig. Er erinnerte an einen drahtigen Seemann und hatte einen kurzen, rötlichen, gepflegten Vollbart. Ich hatte mir gerade Tee gekocht und lud sie zu einem Tässchen ein. Am nächsten Abend luden sie mich zum Tequila ein. Sie kamen gerade aus Mexiko und hatten den besten Stoff mitgebracht, den es gab. Sie erzählten mir, dass der beste Tequila ein Etikett habe, das auf der Rückseite eine Krähe zeigt. Man sieht sie nur, wenn man durch die Flasche auf die Rückseite des Etiketts blickt. Eine Flasche würde, wenn man sich auskennt und gut handeln könne, 6 Dollar kosten. Angeboten wird dieser Tequila üblicherweise für 12 bis 15 Dollar. Salz, Zitrone und Tequila. Etwas Salz wird in die kleine Vertiefung zwischen dem abgespreizten Daumen und

Zeigefinger gestreut und abgeleckt. Dann beißt man in eine Scheibe Zitrone und lutscht sie aus und danach ein kräftiger Schluck aus der Pulle. Gegen Mitternacht waren wir sternhagelvoll. Das Blut kochte in den Adern und pochte im Ohr. Nicki gestand mir, dass er bisexuell sei und machte mir mit zärtlichem Augenaufschlag ein liebevolles Angebot. Ich bedankte mich artig und antwortete ihm, dass ich seine Gefühle zu schätzen wisse, aber nicht erwidern könne. Im Gegenzug gestand ich ihm, dass mir seine Frau sehr gut gefiel und ich von einem Schäferstündchen mit ihr nicht abgeneigt sei. Die beiden tuschelten miteinander, Tracy nickte und lächelte mir bejahend zu.

Noch ein paar Tequila, zärtliche Blicke und Tracy und ich verschwanden in meinem Auto. Es war wunderbar, wir tollten unermüdlich bis in den späten Morgen. Ich hatte mich in den vergangenen Monaten durch Onanie fit gehalten und war gierig und ausgehungert wie ein Windhund am Start. Bei den Windhunden ist das so, dass sie vor einem Rennen kein Fressen mehr bekommen, und wenn sie am hungrigsten sind, geht's an den Start. Am Start wissen sie genau, dass am Ziel ein dicker Fleischknochen auf sie wartet. Deshalb geben sie ihr Letztes. Am nächsten Tag, nachdem der Tequila verflogen war, waren wir alle drei ein wenig verklemmt, obwohl wir uns gegenseitig versicherten, dass wir es nicht seien. Wenn ich Tracy sah, bekam ich einen sämigen Blick, doch die Nacht war vorbei. Wir trennten uns freundschaftlich, und jeder fuhr seiner Wege.

62. Tracy und Nicki. Die Federn steckten neben der Windschutzscheibe an meinem Bus auf der Fahrerseite

Von Mexiko bis Florida

Einen Tag später war ich in Mexiko, die Welt hatte sich mit dem Grenzübergang verändert. Bereits das Passieren der Grenze war ein Erlebnis. Der mexikanische Grenzbeamte kam zu meinem Auto und hielt unauffällig seine Hand auf. Intuitiv legte ich fünf Dollar hinein. Einige Minuten später winkte er mich aus der Schlange, und ich konnte ungefilzt die Grenze passieren. An der Stadtgrenze von Nogales, auf der mexikanischen Seite, wurde ich von zwei Straßenposten kontrolliert. Nachdem sie sich meinen Reisepass angesehen hatten, nahmen sie plötzlich Haltung an, klappten die Hacken zusammen, streckten ihren rechten Arm aus und riefen im Chor „Heil Hitler". Ich schwenkte leger meinen Arm nach oben und drehte das Handgelenk, so wie ich es aus alten Wochenschauen von Hitler kannte. Sie freuten sich, ließen mich weiterfahren und verharrten in Habachtstellung, bis ich vorbei war. Mein Verhalten war eine Mischung aus Intuition gepaart mit Verständnis. Ich wusste, dass Hitler für viele patriotische Mexikaner ein großer Mann war, weil er, wie auch sie, gegen die verhassten Amerikaner, die Gringos, Krieg geführt hatte. Vielmehr wussten die meisten Mexikaner über Hitler nicht und wollten auch nicht mehr wissen. Jeder Versuch, etwas zu erklären, noch dazu wenn man die Landessprache nicht beherrscht, wäre idiotisch gewesen. Selbst in den USA liefen viele Jugendliche mit Hakenkreuzen auf den Jacken umher, kopierten die Nazis und inszenierten Meetings. Die Eltern sagten dazu sinngemäß: Ach die Kids, die machen sich einen Spaß, sie wissen ja überhaupt nichts - es sei ein harmloses Geltungsbedürfnis - sie wollen sich nur wichtig tun und Aufsehen erregen. Darüber sieht man einfach hinweg. Viele Amerikaner sahen diese Neonazis völlig unverkrampft und satirisch. Weit weg, vergangen, Geschichte.

Ich fuhr in Mexiko bis zum Ort Magdalena. Dort war gerade Markt, und ich sah mich ein wenig um. Weil ich kein Spanisch konnte, niemand Deutsch sprach und Englisch nicht beliebt war, kam ich mir verloren vor. Die negative Einstellung der Bevölkerung zum Nachbarn und die „Sprachblockade" gibt es ja auch in Europa. Beispielsweise sprechen viele ältere Franzosen, die den 2. Weltkrieg miterlebten, recht gut deutsch. Sie werden aber niemals mit einem „boche", einem Schwein, deutsch sprechen. Ähnlich verhielten sich die englisch sprechenden Mexikaner gegenüber den Amerikanern. Ich fühlte mich der Situation nicht gewachsen und beschloss Mexiko so schnell wie möglich wieder zu verlassen. Es ist immer wieder das Gleiche: das Problem, eine fremde Kultur zu verstehen. Die Andersartigkeit, die Armut, das basarartige Treiben in Verbindung mit einem unverkennbaren Nationalstolz und dem südländischen Temperament konnte ich nicht einordnen. Mir fehlte, wie schon so oft, ein Freund, der mich mit der Gesellschaft, ihrem Verhaltensnormen und dem Alltagsleben vertraut macht. Nach zwei Tagen verließ ich wehmütig, beim Ort Douglas, Mexiko. Eine Nacht verbrachte ich in der Wüste mit den Kakteen. Sie faszinierten durch ihre Vielfalt, Gestalt und Farbenpracht. Auch die anderen Wüstenpflanzen und Gräser, wie Yucca, Mescal, Spanisch Bayonet und Ocotillo, gaben der kargen Landschaft ihren eigenen Reiz.

63. Die Wüste blüht, heil dem der Wüsten sät

Von Douglas aus ging es weiter in Richtung Deming, ein Ort in New Mexiko, und ich besuchte den „State Park Rock Hound". Es war immer noch Wüstenlandschaft, um Buschwerk bereichert. Ich campte unterhalb des Berges „Rock Hound". Er ist ein gemütlicher Berg, wie eine hohe Kuppel und leicht zu besteigen. Seine Höhe beträgt 7400 feet, rund 2250 Meter über dem Meeresspiegel. Ich genoss vom der Gipfel aus einen herrlichen Rundblick. Beim Abstieg stolperte ich und rollte ein paar Meter bergab. Der Steinschlag, den ich auslöste, war ganz putzig. Es holperte und polterte. Weniger putzig war, dass ich über einige Kakteen rollte. Es waren kleine Kakteen mit kurzen, haarfeinen Stachelfellchen. Verglichen mit diesen winzigen Stacheln ist Juckpulver ein Hochgenuss. Ich musste meine gesamte Kleidung wegwerfen

- viel war's nicht - und es dauerte noch Tage, bis sich meine Haut wieder normal anfühlte. Die Stacheln waren so fein, dass man sie nicht einmal mit der Pinzette fassen konnte.

Der nächste sehenswerte Stopp war die Stadt Carlsbad. Es gibt dort Grotten und Tropfsteinhöhlen. Die Führung dauert mehrere Stunden. Man durchquert gewaltige, unterirdische Paläste mit Seen, Stalaktiten und Stalagmiten. Es war wie eine Wanderung zum Mittelpunkt der Erde durch eine schweigende Welt. Dann kam der große Regen. Ich fuhr Anfang Dezember mit Bleifuß durch Texas, Louisiana, Mississippi und Alabama nach Florida. Es schüttete ununterbrochen. Nachtfröste und ein eisiger Wind kamen dazu. Texas war, zumindest entlang der Straße, eine karge Steppe mit Bohrtürmen. Die Rinder mussten weite Wege von Grasbüschel zu Grasbüschel zurücklegen.

Zwischen Louisiana und Florida war es naßkaltschwüllau, je nach Laune der Natur. Am Morgen konnte ich mit dem Regenwasser, das sich in der Plane über dem Gepäckständer angesammelt hatte, duschen und meine Wasserkanister auffüllen. In New Orleans regnete es in Strömen. Ich hielt nur zwei Tage durch und kann mich eigentlich nur an Regenwasser und Mücken erinnern. Dass die Mücken nicht ersoffen sind, ist ein Wunder. Der einzige Lichtblick waren die Benzinpreise. Ein Liter Benzin kostete rund 12 Cent, das waren 0,30 DM. Der Preis schwankte zwischen 40 Cent und 55 Cent pro Gallone. Eine Gallone sind 3,785 Liter. Am billigsten war das Benzin an den Tankstellen der Supermärkte. Einmal stoppte mich eine Polizeistreife, sie wollten *aber nur wissen, was ich für ein Nummernschild hatte - ein solches hätten sie noch nie gesehen. Ich hatte ein schwarz-weißes, ovales Zollnummernschild und einen internationalen Führerschein. Das war immerhin mal was Neues. Vermutlich aus lauter Missmut bekam ich plötzlich starke Zahnschmerzen. Der Zahnarzt konnte nichts finden und schenkte mir eine Tube Zahnpasta für sensible Zähne. Ich fühlte mich irgendwie verscheißert, aber sie half tatsächlich. Wer hätte das gedacht?*

Selbst im Norden Floridas erlebte ich noch Nachtfröste. Das einzige Sehenswerte war eine alte, fette Oma mit schweren Hängetitten und einem gewaltigen 45er Colt im Revolverhalfter. Der patronengespickte Gürtel stammte vielleicht noch von ihrem Großvater. Sie kochte am offenen Feuer in einem großen Topf für die Familie. Ich hätte sie gerne fotografiert, aber ich hatte Angst, dass sie mir den Fotoapparat aus der Hand schießen würde. Weiter südlich in Florida wurde es schwülwarm, ein einziger klebrigfeuchter Schwitzkasten. Die Landschaft am „Golf von Mexiko" ist ein subtropischer Urwald mit herrlichen Seen. Die flachen, glasklaren Seen im Land mit Fischschwärmen, Flamingos und Reihern sind traumhaft. Die Papageien und andere Tropenvögel mit ihrem Gekreische vermitteln ein Gefühl wie den Einzug ins Paradies. Überrascht hat mich die Landwirtschaft. Auf einem großen Feld sah ich bei der Kartoffelernte zu. Vorne lief der Kartoffelroder, dann kamen die Feldbearbeitungsmaschinen und am Schluss die Sämaschine. Es wurde in einem Arbeitsgang geerntet und ausgesät. Da hat ein deutscher Bauer schlechte Karten, bei ihm gibt es nur eine Ernte im Jahr und nicht zwei bis drei.

Auf keinen Fall sollte man die Disney World versäumen. Am Eingang war ich noch skeptisch, danach amüsierte ich mich köstlich. Es ist eine Mischung aus Kunst, Kultur, kindlichem Vergnügen, Romantik und Gigantismus. Ich würde mir wünschen, dass Schulen, Bildungs- und Erziehungseinrichtungen für Kinder, hier Motivationen, Methoden und Anschauungsmaterial für den Unterricht sammelten. Es gibt nichts, was sich nicht auf einfache, gefällige und interessante Weise vermitteln lässt. Geist kommt mit einfachen Worten aus, wie beispielsweise die Gedichte von Friedrich Nietzsche.

Ich fuhr von Orlandos Disney World aus weiter bis Key West und hatte damit den südlichsten Punkt von Nordamerika erreicht. Das war aber auch der einzige Lichtblick. Nach einer kurzen Fahrt bis Miami Beach war die Reise zu Ende. Während es mir im Inneren Floridas und an der Küste am Golf von Mexiko ganz gut gefallen hatte, fand ich den Küstenstreifen zwischen Key West und Miami Beach, auf der Seite zum Atlantischen Ozean hin, ziemlich fad. Ohne Boot, mit dem man die kleinen vorgelagerten Inseln abklappern kann, lohnt sich der Besuch nicht. Der Wald reicht urwaldmäßig bis an das Wasser. Die Strände sind überwiegend tote Korallenriffe, die wie verwitterter Beton aussehen und es gibt nur wenige, kleine Sandstrände - zu Staub gemahlene Korallenriffe. Der Dezember scheint mir auch nicht der geeignete Monat für Florida zu sein. Das schwülwarme Klima, die Mücken und Stechfliegen verdarben mir die gute Laune. Die Stechfliegen sind nicht größer als ein Stecknadelkopf.

Man hält sie für einen winzigen Leberflecken, wenn sie auf der Haut sitzen, jedoch beißen sie wie tollwütige Kampfhunde. Die Flucht ins Wasser ist die einzige Chance, ihnen kurzzeitig zu entkommen. Das Wasser ist klar, warm und voller Leben. Pflanzen und Fische geben sich ein Stelldichein. Hier zu schnorcheln muss schön sein. Mittlerweile war ich jedoch reisemüde. Ich wollte nicht mehr und sah mich nach einem Käufer für mein Auto um. Für das Auto einschließlich Ausrüstung erhielt ich noch 350 Dollar. Ich hätte es vielleicht besser verkaufen können, aber letztendlich wäre das Warten auf einen Käufer teurer geworden als der mögliche Gewinn. Von Florida aus flog ich am 20. Dezember 1976 über New York nach Frankfurt am Main.

Stellungnahme zu meinen Reiseerlebnissen

Was hat die Reise mir gebracht? Das Wichtigste war die Selbstbestätigung. Sich neun Monate lang ohne Freunde, Familie, Vorgesetzte, Lehrer und andere laue Ratgeber durchzuschlagen, baut Minderwertigkeitskomplexe ab und macht selbstbewusst - auch schweigsam. An die zweite Stelle würde ich den Abstand von Deutschland setzen. Ein weites, dünn besiedeltes Land verändert die Denkweise, sie wird großräumiger. Ich lernte in Kanada Menschen kennen, die gerade noch Europa und Deutschland vom Namen her kannten. Dass Deutschland geteilt war, wusste kaum einer. Eine geteilte Stadt Berlin war unbekannt und ohnehin in ihrer Realität unvorstellbar. Die Amerikaner kannten häufig noch „Heidelbörg" und „Börlin" vom Namen her. Der Mit-

telpunkt des Weltgeschehens war nicht der „Eiserne Vorhang", sondern der Kaffeeklatsch mit dem Nachbarn, wofür man gerne zwei bis drei Stunden Autofahrt in Kauf nahm. Die Weltkriege waren für die meisten Geschichtsereignisse, wie das Römische Reich und die Chinesische Mauer. Meine Vorstellungen von Europa und den deutsch-amerikanischen Beziehungen wurden auf diese Weise zurechtgerückt. Die offizielle Politik, die Staats- und Wirtschaftsinteressen sind meilenweit vom Alltag entfernt. Europa ist für den Durchschnittsamerikaner der alte Kontinent, eine Art Ahnenkult. Im Grunde genommen ist es umgekehrt nicht anders. Für den Durchschnittsdeutschen ist Amerika ja auch mehr Reiseland und Sensationshascherei. Woher sollen die Informationen auch kommen. Die deutschsprachigen Kurzwellensender bringen im Radio Berichte über den „Salzbergbau vor 200 Jahren in Deutschland" oder „Kinder schreiben an den Bundeskanzler". Für Deutsche ist der „American way of life" Westernfilm, Coca Cola, Micky Maus und McDonald's. Da sollte man sich nichts vormachen.

Gänzlich untauglich wurde ich für den Massentourismus, die beliebten Pauschalreisen. Ein Jumbo voller Individualisten ist mir suspekt. Jedes Mal wenn ich später eine Pauschalreise machte, fand ich sie geschmacklos und für das Reiseland entwürdigend. Jede Privatreise ist da vorzuziehen. Am liebsten sind mir längere Reisen zu zwei bis drei ausgewählten Orten, an denen ich mindestens 14 Tage bleibe, um die Atmosphäre und das Leben einzufangen. Außerdem muss die Reise einen Sinn haben und wenn sie nur ein paar Kochrezepte von neuen Gerichten ein-

bringt, die ich dort selbst gekocht habe. Die schönsten Urlaube sind immer die, in denen ich auf angenehme Einheimische treffe und mit ihnen zusammenlebe. Das war ja auch für Freunde, die mich in Berlin besuchten, das Berlinerlebnis. Mein eigener Freundeskreis in Berlin und meine Ortskenntnisse vermittelten ein völlig anderes Leben, als das, was ein Pauschaltourist erlebt.

Die Reise hatte noch den Nebeneffekt, dass sie mich ablenkte. Das Verarbeiten meiner DDR-Vergangenheit und der Stress des Neuanfangs in der BRD, besonders im privaten Bereich, wurden relativiert. Ich konnte wieder durchatmen und hatte Ballast abgeworfen. Interessant sind auch die Kosten. Ich verbrauchte in den 9 Monaten rund 15 000 DM. Davon entfielen auf das Auto, für Benzin, Reparaturen und Verschleißteile rund 5000 DM. Für die Flüge von und nach Amerika und den Autotransport zahlte ich rund 3500 DM. Für Essen, Trinken, Vergnügungen, Gebühren, Hotel und Campingplatz verblieben 6500 DM, also im Durchschnitt 720 DM im Monat. Davon benötigte ich in den ersten Monaten rund 1000 DM pro Monat und in den letzten 300 bis 350 DM ohne Einbuße an Lebensqualität. Die Differenz ergibt sich aus der Reiseerfahrung. Es ist ein gewaltiger Unterschied, ob man 40 bis 60 Dollar für einen Neureifen ausgibt oder 6 Dollar für einen gebrauchten Markenreifen einschließlich Montage. Das freie, kostenlose Campen und das Ausnutzen der kostenpflichtigen Campingplätze ohne zu bezahlen, machen sich auf Dauer ebenfalls bemerkbar. Man muss nur wissen, wie es funktioniert. Viel Geld spart man durch den günstigen Einkauf in Supermärkten und die Selbstverpflegung sowie eigene Autorepara-

turen. *Pflegt man sein Auto regelmäßig, ist der Werkstattbedarf gering. Erheblichen Einfluss hat auch die Ausrüstung. Einfache, robuste Werkzeuge und Hilfsmittel sind ein Garant für Sicherheit, Gesundheit und preiswertes Reisen. Die Anschaffung ist einmalig, und die Dinge halten die ganze Reise. Meine Holzfälleraxt, die ich mir als Andenken mitnahm, ist bis an mein Lebensende voll funktionsfähig.*

Zum Abschluss noch ein Wort zur Aggressivität. Das aggressivste Erlebnis hatte ich in Florida. Ich nahm zwei Tramper mit und stellte fest, dass sie völlig zugekifft waren und unkontrolliert durcheinander purzelten. Deshalb warf ich sie hinaus. Aus Ärger darüber knallten sie die Seitentür meines Busses mit Schwung zu. Das war alles. Dass man beim Campen überfallen wird, ist sehr unwahrscheinlich. An ein einzeln stehendes Auto wagt sich niemand heran, weil er nicht weiß, ob der Besitzer nicht eine Maschinenpistole im Auto hat. Ein Überfall lohnt sich im Verhältnis zum Risiko und der möglichen Beute nicht. Nicht einmal die Polizei nähert sich ohne Vorsichtsmaßnahmen nachts einem parkendem Auto. Ich stand einmal nahe der Straße auf einer kleinen Lichtung. Plötzlich wurde an die Autotür gepocht. Mein Auto stand im hellen Scheinwerferlicht eines Polizeifahrzeuges. Hinter dem Fahrzeug, im Lichtschatten, stand ein Sheriff mit der Waffe im Anschlag, und der Sheriff an meiner Autotür hatte seinen Colt auch schon gelockert und die Hand auf dem Griff. Nach einer kurzen Kontrolle verabschiedeten sie sich freundlich und sagten mir, dass ich am nächsten Tag weiterfahren solle. Ein Anwohner hätte sie informiert, weil ihm das Auto verdächtig vor-

kam. Was die Gesundheit betrifft, hatte ich bis auf die Überanstrengung meiner Beine bei der Wanderung in Oregon und die Zahnschmerzen in Florida, die mit „Zahnpasta für sensible Zähne" geheilt wurden, keine Probleme. Kraftvoll, braungebrannt mit ledriger Haut und einer gewaltigen Haarmähne landete ich in Frankfurt am Main im Flughafen.

64. Die ersten Tage in der Bundesrepublik in meinen Alaska-Mantel. Ich trug dieses Schmuckstück noch über zehn Jahre jeden Winter.

Streunende Gedanken

In aller Bescheidenheit erlaube ich mir einen Streifzug durch meine Gedanken, eine Ausschüttung. Wie sah ich den Osten und Westen nach meiner großen Reise? Ich blicke im Zeitraffer zurück auf vier Jahre Bundesrepublik Deutschland, die BRD, und 28 Jahre Deutsche Demokratische Republik, die DDR. Mit gleichen Maßstäben gemessen fiel die BRD ebenso durch, wie die DDR.

Was die Westmedien über die DDR verbreiteten, stimmte. Es war wahr, dass es entlang der Grenze zur BRD Mauern, Stacheldraht, Zäune, Wachtürme, Hundestaffeln, Selbstschussanlagen, bewaffnete Patrouillen und Todesstreifen gab. Die Grenzanlagen waren für Flüchtlinge aus der DDR kaum zu überwinden. Wer es versuchte und dabei erwischt wurde, kam ins Zuchthaus oder wurde erschossen. Vor einer Kalaschnikow gab es kein Entrinnen. Sie schoss so genau, dass kein Grenzsoldat auf 100 Meter vorbeischießen konnte, das nähme ihm niemand ab. Er wäre quasi ein Fluchthelfer, wenn er nicht traf. Ebenso objektiv wie über die innerdeutsche Grenze informierten die Westmedien über andere Missstände in der DDR und im sozialistischen Lager. Meinen Respekt!

Ich konnte aus eigenem Erleben beurteilen, was die Westmedien anprangerten und wusste auch, was mit mir geschehen würde, wenn ich mich dem Staatswillen der DDR widersetzte. Die DDR und das gesamte sozialistische Lager waren Konzentrationslager, ihre Staatsbürger Internierte. Der dadurch ausgelöste Freiheitsdrang verleitete viele DDR-Bürger zur Republikflucht. Ich gehörte zu ihnen, weil ich in der DDR keine Lebensperspektive für mich sah.

Die Jahre meiner Fluchtgedanken, die Idee zur Flucht hatte ich ja schon mit 14 Jahren, waren der kreative Teil meines Lebens in der DDR. Ich bemühte mich um Erkenntnis. Ich dachte über mich und das Leben nach. Was wollte ich, wie sollte es weitergehen, wie könnte ich meine Zukunft gestalten? In meinen Gedanken orientierte ich mich auch an der BRD von vor 1961, wie ich sie aus Westberlin kannte und war nicht einmal überschwänglich.

Im goldenen Westen angekommen stellte ich mit wachsendem Erstaunen fest, dass die Selbstdarstellung der westlichen Welt in der Öffentlichkeit alles andere als objektiv war. Das Sendungsbewusstsein in eigener Sache entpuppte sich als Prahlerei, jeder log und belog sich zu seinem Vorteil. Die Wirklichkeit sah kaum noch einer, es fehlten die Vergleiche. Von der Elite bis hin zum ärmsten Wicht lebten die Bürger in einem Rauschzustand, sie hatten sich selbst gedopt.

Im schönen Frankreich fühlten sich alle Franzosen als „Grande Nation", ich bewunderte ihren Lebensstil, jeder ein kleiner Napoleon mit Anmut und Charme. Sogar am Clochard haftete ein Hauch Toulouse-Lautrec und Voltaire. Doch es gab Clochards, und nicht zu knapp.

In Großbritannien kam ich ins Grübeln. Im Jahr 1976 hatte der Durchschnittsbrite einen niedrigeren Lebensstandard als ich Mitte der 60er Jahre in der DDR. Das ist wirklich wahr! Was den Briten über alles erhob, war sein Nationalstolz, sein Empirespleen. Der ärmste Brite fühlte sich dem Rest der Welt haushoch überlegen. Seine Hochnäsigkeit wirkte skurril. Im französischen Comic „Asterix" wurde er treffend karikiert.

In den Vereinigten Staaten von Amerika begegnete mir die westliche Welt in Reinkultur. Der „American way of life" erinnerte mich an die „Freie Fahrt für freie Bürger" der bundesdeutschen Autolobby. Wer überrollt wird, ist selbst schuld!

Was waren aus meiner Sicht die gravierenden Missstände in den USA? Nicht hinzunehmen war der krasse Gegensatz von bettelarm und superreich, das war ein sichtbares Armutszeugnis für die wohlhabendste Nation auf der Erde. Erschreckend war das geringe Bildungsniveau in der Mittel- und Unterschicht. Fünfzig Prozent der Amerikaner glaubten an den lieben Gott und dass er die Welt in sieben Tagen erschaffen hat. Auch das Märchen vom Tellerwäscher zum Millionär war allgegenwärtig. Abscheulich waren die rassistischen Auswüchse. Kein Weißer traute sich nachts nach Harlem in New York, und die Diskriminierung der schwarzen durch die weißen Amerikaner war augenscheinlich.

Über das Sichtbare, das persönliche Erleben hinaus, blühten Korruption und Spekulation. Ich kam damit zwar kaum in Berührung, doch die Skandalpresse war glaubwürdig, sie musste ihre Behauptungen ja belegen können. Brutal war das Gewinnstreben mit seinen Auswirkungen für all die, die nicht mithalten konnten. Eindeutig löchrig waren die sozialen Sicherungssysteme, es waren überwiegend Wohlfahrts- und Almoseneinrichtungen. Für die Bessergestellten gab es private Versicherungen für alles.

All diese Missstände waren in den Großstädten und Ballungsräumen unübersehbar, im weiten Land verloren sie sich zwischen Stille und Idylle. Die Landschaften waren überwältigend, die Weite schwerelos, die Menschen freundlich und hilfsbereit. Sie hatten sich ihre einstige Trappermentalität bewahrt.

Die Wirklichkeit, wie ich sie erlebte, widersprach der Selbstdarstellung der Vereinigten Staaten. Ich war vermutlich deshalb so überrascht und enttäuscht, weil ich noch vor wenigen Jahren, als DDR-Bürger, die Amerikaner bewundert und ihren Selbstdarstellungen geglaubt hatte. Ich war damals tatsächlich der Meinung, dass das gesellschaftliche und persönliche Leben in der westlichen Welt, insbesondere in Amerika, demokratischer Wille sei. Dass die Mehrheit der Bürger in Westeuropa und Nordamerika Persönlichkeiten seien, die indirekt, durch die freien Wahlen, mitregierten – Pustekuchen!

Sollte der „American way of life", wie ich ihn erlebte, ein Weltmodell werden, würde mindestens ein Drittel der Menschheit verelenden. Außerdem ist es praktisch unmöglich. Wenn der Lebensstandard der reichen Industrienationen Allgemeingut werden würde, so wären die Ressourcen der Erde ruckzuck verbraucht und es käme zum Chaos. Rechnet es doch einmal durch: Sechs bis sieben Milliarden Menschen auf der Erde brauchten drei bis vier Milliarden Autos, die alle paar Jahre verschrottet werden müssten, um den Kosumkreislauf zu erhalten. Dazu kämen zwei bis drei Milliarden Eigenheime mit allen Drum und Dran. Zwei Milliarden Menschen würden im Elend leben und müssten befriedet werden. Die Prognosen für das 21. Jahrhundert gehen bis zehn Milliarden Erdenbürger und darüber. Ist das Spinnerei oder entspricht es dem Kenntnisstand unserer Zeit? Wie können Menschen nur so blind und blöd sein!

Wie sah ich meine neue Heimat, die Bundesrepublik Deutschland nach meiner Reise? Eine Massenarmut wie in den USA wurde durch die Grundsicherung, die Sozialhilfe, verhindert. Erschreckend waren allerdings das geringe Bildungsniveau und die Suchtanfälligkeit besonders in der Unterschicht. Nicht wenige waren rettungslos verloren, der Alkohol raffte sie dahin.

Um mit der Sozialhilfe, gemäß Warenkorb, glücklich zu sein, müsste der Sozialhilfeempfänger die Weltanschauung eines Diogenes oder Gandhi haben: keinen Alkohol; keine Zigaretten und andere Suchtmittel; kein Auto; eine sehr bescheidene Bleibe; die Fähigkeit allein zu sein und auf Sex zu verzichten, denn man ist als Versager nicht gefragt; entsagen jeglicher Bezahlkultur; für die körperliche Fitness bieten sich Gymnastik und Waldläufe an;

für die geistige Erbauung beispielsweise die Lesesäle der Bibliotheken, hier gibt es Bildungsstoff, es ist warm, es gibt sanitäre Anlagen und Trinkwasser aus dem Hahn, um seine Stulle zu essen, bietet sich ein Spaziergang an. Hübsche, junge Sozialhilfeempfängerinnen könnten sich durch Softprostitution das Leben erleichtern. Auch ich versorgte eine Zeit lang eine junge Frau, die über das Arbeitsamt umschulte und knapp bei Kasse war. Sie war jung, schön, lieb, dankbar, unausgereift und anstrengend. Als ich einmal krank wurde, verließ sie mich und wandte sich einem meiner Freunde zu, der gut Gitarre spielen konnte.

Nur, der glückliche Sozialhilfeempfänger ist Schönmalerei, ich habe noch von keinem Diogenes in der Bundesrepublik gehört, und was wir von der Antike glauben, ist auch nicht gesichert. Armut und Elend gab es 1976 auch in der Bundesrepublik. Durch den „Kalten Krieg" wurden sie verschwiegen, sie passten nicht ins Weltbild des Westens. Es gab auch noch keine Massenverelendung, die Bundesrepublik fing gerade erst an, an ihren Rändern zu bröckeln. Die Arbeitslosenzahlen lagen unter einer Million, die Kassen der Arbeits- und Sozialämter waren prall gefüllt und das Staatsziel Vollbeschäftigung eine tröstliche Geste.

Mir ging es gut, meine Sparkasse hatte 1976 zwar meine Überziehungskredit gestrichen, jetzt wo ich ihn erstmals ganz gut gebrauchen konnte, doch mein früherer Arbeitgeber stellte mich wieder ein und erhöhte mein Gehalt nicht unwesentlich. Danach war ich dann wieder überziehungskreditwürdig. Das alles hinderte mich nicht am Denken, und ich knüpfte mir still und heim-

lich meine neue Heimat vor, um herauszufinden wie es mit mir weitergehen könnte. Oh Schreck, oh Graus, wie sah das aus? Die DDR, die USA und die Bundesrepublik hatten mich skeptisch gemacht, ich begann hinter die Kulissen zu schauen. Wie lebte ein glücklicher, bundesdeutscher Wohlstandsbürger mit seinen unendlichen Bedürfnissen?

Im Idealfall war er berufstätig, verdiente ganz gut und befriedigte seine unendlichen Bedürfnisse durch Kredite, die er in Raten abzahlte. Die teuersten Bedürfnisse waren ein Eigenheim mit allem was dazu gehört, ein bis zwei Autos, eine Familie und ein fröhliches, sorgenfreies Konsumieren. War das vollbracht, wollte der Bundesbürger sein Leben genießen und gut abgesichert in den wohlverdienten Ruhestand gleiten. Das hört sich fantastisch an und wurde in den Werbeprospekten der Geldinstitute und Warenanbieter als erfüllbare Träume vermarktet. Ich hatte jeden Monat über sechs Kilogramm Angebote und Prospekte im Briefkasten, alles finanzierbare Träume.

Ein Durchschnittsbürger, der 40 bis 50 Jahre lang, rund 100 000 Arbeitsstunden, die Karriereleiter hinaufkrabbelte, könnte seine Bedürfnisse weitgehend befriedigen und seinen Lebensstandard erhalten. Doch es dürfte nichts dazwischenkommen. Keine Arbeitslosigkeit, keine Krankheit, keine falsche Beratung durch seine Kreditgeber, keine Scheidung oder größere Familientragödie, keine Alimente, keine Suchtgefährdung, keine Selbstüberschätzung, und was einen noch so alles aus der Bahn werfen kann.

Ein einziger Fehltritt und alles wäre hin. Kann der Schuldner seine Raten nicht mehr zahlen, versteigert der Gläubiger seinen Besitz. Der Schuldner musste ja alles, was er an Werten besitzt, als Sicherheit hinterlegen. Reichte der Erlös seiner Sicherheiten zur Schuldentilgung nicht aus, blieb der Schuldner in der Pflicht und musste mit jedem Pfennig, der über seinem Grundbedarf lag, seine Schulden abzahlen. Der vorher auf Pump wohlhabende Bundesbürger endete nicht selten als Obdachloser.

Verglich ich mein Leben in der DDR mit dem in der Bundesrepublik, kam ich zu dem Ergebnis, dass ich vom geschlossenen Vollzug in den offenen Vollzug geflüchtet war und meine Probleme mitgenommen hatte. Ich war nur ein Spielball der Weltpolitik. Das politische Geschehen, der Kalte Krieg, der Machtkampf der Machtblöcke, die Staatsideologien bestimmten meinen Alltag. Ich war das Mittel zum Zweck, die Fußmatte der herrschenden Elite. Folgte ich dem Weg der bundesdeutschen Wohlstandskultur würde ich ähnlich enden wie in der DDR. Ich hätte die Freiheit, mich als Freigänger anzupassen.

Als ich noch in der DDR lebte, fühlte ich mich eingesperrt und bevormundet, das war unerträglich. Andererseits hätte ich einen sicheren Arbeitsplatz und eine sinnvolle Arbeit gehabt, wenn ich mitspielte. Ich arbeitete als Lektor für ein Nachschlagewerk, das dem Stand der Wissenschaft und Technik entsprach und als Arbeitsmittel für Studenten und praktisch tätige Ingenieure diente. Eine durchaus sinnvolle Arbeit, fand ich. Träte ich pro forma in die Partei, die SED, ein, wäre ich existentiell abgesichert. Was ich heimlich dachte und tat, das wäre meine Sache. Meine Einschränkungen, verglichen mit der Bundesrepublik, wären weniger Luxus und eingeschränkte Reisefreiheit. Als Parteigenosse wären ja Reisen in den Ostblock möglich. Bis auf diese Einschränkungen ließe sich alles organisieren. Eine herrschaftliche, verwohnte, total vergammelte Altbauwohnung im Vorderhaus war für eine sehr geringe Miete in Ostberlin zu haben. Ich konnte sie in Eigenleistung in einen Wohnpalast verwandeln. Sie würde manches Eigenheim in der Bundesrepublik ausstechen. Eine gesicherte Existenz, ein aktiver, großer Freundeskreis, ein kleines Auto und, falls mir Sinn danach steht, eine Familie, wären machbar. Den Freundeskreis und die gesicherte Existenz hatte ich bereits.

Was bot mir meine neue Heimat, die Bundesrepublik? Einen wesentlich höheren Lebensstandard, solange ich einen lukrativen Job habe, Reisen im gesamten Westblock sowie als Elitetourist, wegen der Devisen, in viele Ostblockstaaten. Was meine Arbeit betraf, war ich abhängiger und angeschmierter als in der DDR. Ich verkaufte mich als Wasserträger an einen Arbeitgeber, der mich jederzeit entlassen konnte, wenn ich ihm nicht mehr in den Kram passte. Das, was ich für ihn und meinen Lohn tat, entsprach nicht meinen Vorstellungen. Ich beschwindelte und betrog wissentlich, gegen mein Wissen und Gewissen, meine Mitmenschen. Meine Arbeit förderte nicht das Gemeinwohl, sondern erhöhte nur das Privatvermögen meines Arbeitgebers und ging als windiges Bruttosozialprodukt in die Statistik ein. Als Konstrukteur konstruierte ich Wegwerfprodukte mit bewusst eingebauter Le-

bensdauerverkürzung. Als Redakteur war ich zur Positivberichterstattung vergattert. Meine scheinheiligen Texte im redaktionellen Teil der Fachzeitschrift waren überzeugender und glaubwürdiger als jeder Werbetext. Ich flößte dem Leser Kompetenz und Vertrauen ein, hob den Ruf der Zeitschrift und damit die Anzeigenpreise.

Was in der DDR Dünnschiss war, der jämmerlich stank, wurde in der BRD teuer und elegant verpackt als Schnäppchen vermarktet – Made in Germany! Ein geborener Bundesbürger dachte darüber nicht nach, er kannte ja nicht anderes und maß seinen Wert und seine Bedeutung an seinem Gehalt, seiner gesellschaftlichen Stellung und seinem Besitz, dem so genannten Status. Das machte ihn stolz und glücklich, und er pries seinen Staat.

Der Staat, die Staatskultur, später hieß es Leitkultur, begleitete mich in allen Lebensbereichen. Nix entsprach meinen Vorstellungen und meinem Lebensgefühl. Was für meine Mitbürger selbstverständlich war, war für mich ein Kompromiss und Umweg. Ich balancierte durch die Liebe. In der DDR waren meine Geliebte und ich uns selbst genug. Das Zusammensein war das Schönste, die Umarmung der Höhepunkt. Die Liebe war aktive Tat, alles andere ergab sich. In der BRD begann das Rendezvous mit der Frage „Was wollen wir heute machen?" Ich war ein Vorzeigepartner, der auf Partys, bei Veranstaltungen und Vergnügungen rumhampeln musste. Oder wir flanierten durch Einkaufsmeilen, Promenaden und Vergnügungsviertel bis zum geht nicht mehr. Um die bundesdeutsche Statusliebe ertragen zu kön-

nen, brauchte ich mehrere Optionen, um mich absetzen zu können, wenn es mir zu bunt wurde. Was sollte ich zu später Stunde mit einem beschwipsten, erschöpften, quakenden Frosch im Bett, der einschlief, während ich noch im Bad war?

Das war nicht meine Welt. Seit meiner Jugend hielt ich Ausschau nach paarungswilligen Weibchen, alles andere konnte ich auch ohne Frau. Daran hatte sich auch in der Bundesrepublik nichts geändert. Das ewige Emanzengeschwafel und die Vergnügungssucht waren aus meiner Sicht Ausreden für die eigene Leere. Für mich war die Liebe Emanzipation pur. Wenn man miteinander verschmilzt, wird man eins. Die Unterschiede sind aufgehoben.

Seine Freizeit verbrachte der Bundesbürger überwiegend passiv, er ließ sich unterhalten, und die Gespräche waren bestenfalls oberflächliche Klugscheißerei. Das Waren- und Dienstleistungsangebot waren mir ebenfalls suspekt. Ein Jumbo voller Individualisten auf Pauschalreise war ein Widerspruch in sich, und die Qualität der käuflichen Waren war eine Katastrophe. Außen hui, innen pfui! Siehe Stiftung Warentest als Beweis. Durch meine Ausbildung und Interessen kannte ich mich sehr gut aus, ich sah die Konstruktionsfehler, kannte die Werkstoffe und ihre Eigenschaften und wusste, was nichts taugt. Als Fachzeitschriftenredakteur schrieb ich täglich Lobeshymnen über Plunder, den ich mir niemals kaufen würde.

Um es abzuschließen, ich empfand und erlebte täglich, in allen Lebensbereichen, den Anpassungsdruck der Gesellschaft und den Zwang mich zu verstellen. Dazu kam, dass ich schon nicht mehr wusste, was ich will. Die DDR hatte mich für die BRD versaut, die BRD für die DDR und durch mein Rumreisen sah ich mittlerweile nirgendwo eine Identitätsmöglichkeit, ich war ein verkorkster Zwitter. Ich konnte mich auch nicht neu erfinden, ich war bereits erfunden, meine Möglichkeiten und Fähigkeiten waren ausgeschöpft, ich hing in der Luft. Zum Glück hatte ich begriffen, dass ich mit der Wirklichkeit leben musste, wie auch immer.

Verglich ich wohlgesinnt und positiv denkend die DDR mit der BRD, wäre eine Symbiose keine schlechte Idee. Das Eigentumsprinzip der Bundesrepublik funktionierte, alle schufteten freiwillig und amüsierten sich köstlich. Würde die Staatsmacht in der Bildung und Ausbildung einiges ändern und den Bürger aktivieren, könnte auch für mich etwas Lebenswertes daraus entstehen.

Was hatte die DDR zu bieten? Es gab ein einheitliches Schulwesen mit gleichen Lehrinhalten. Eine gewissenhafte Berufsausbildung. Männer und Frauen hatten die gleiche Ausbildung, den gleichen Bildungsstand und es standen alle Berufe für sie offen. Die Kinderbetreuung war flächendeckend und kostenlos, ebenso die Schule, die Berufsschule und das Studium. Für jedes Kind gab es einen Kindergartenplatz, schon deshalb, weil sehr viele Frauen berufstätig waren. Die Frauen in der DDR lebten aktiver und waren offener als die in der BRD, sie waren aus meiner Sicht selbstbewusster und weniger berechnend. Besonders hervorzuheben ist das Recht auf Arbeit. Jeder hatte einen Arbeitsplatz und einen Grundlohn, der zum Überleben ausreichte – die Arbeitspflicht war leider die Kehrseite der Medaille. Auch die sozialen Sicherungssysteme waren gerechter als in der BRD, wenn auch sehr ungenügend.

Das alles waren Ansatzpunkte, die in die BRD einfließen könnten. Umgekehrt war es das Gleiche. Das Wirtschaftssystem, das demokratische Prinzip, die Reisefreiheit, die konvertierbare Währung, die Infrastruktur, der Umweltschutz, das Warenangebot, waren Domänen in der Bundesrepublik.

Würden die Errungenschaften der DDR und BRD miteinander verknüpft und mit den gesicherten Erkenntnissen aus der Wissenschaft abgeglichen, entspräche das in etwa einem Staat, mit dem ich mich identifizieren und in dem ich mich wohl fühlen könnte.

Doch wie sah es in mir aus? Ich hatte zwischen zwei Übeln das für mich kleinere gewählt. Doch wissentlich ein Übel wählen zu müssen, dafür fehlen mir die richtigen Worte – Selbstvergewaltigung und Selbstversklavung am ehesten. Statt in einer Mülltonne flatterte ich nun in einem vergoldeten Käfig umher und machte alle Jahre Reisen in die schöne, freie Welt, das Käfigtürchen stand ja offen, weil kein Vögelchen wusste, wohin sonst. Schon die Sprachbarriere war unüberwindlich, fast überall zwitscherten die Vögelchen anders.

Bei den hier skizzierten Gedanken zu einer Symbiose geht es mir nur um das Grundlegende und den Nachweis der Machbarkeit. Was der arme, kommunistische Unrechtsstaat, die DDR, im Bereich sozialer Gerechtigkeit geleistet hat, müsste doch die reiche BRD mit ihrer freien, sozialen Marktwirtschaft sehr viel besser können. Lacht da jemand? Zugegeben, Zweifel sind angebracht. Ich vermisse in der BRD eine zukunftsweisende Politik. Wohin will die Gesellschaft? Was sind ihre Visionen, Ideen, Vorstellungen, Ziele, Konzepte, schöpferischen Inhalte? Wie will man einen zukunftsweisenden Weg beschreiten, wenn man noch nicht einmal das vorhandene Wissen anerkennt und umsetzt?

Fastfood, Mode, Autos, Kosmetik, Weltmeister im Handyweitwurf, Pauschalreisen, PC-, Phono-, Fernsehinnovationen, Mixer, Kredite, Eigenheime, Lotto, Pornofilme, Wegwerfprodukte, Wohnungseinrichtungen, Müsli, beten, immer mehr, immer öfter, immer neuer, ist das eine Zukunftsperspektive?

Würde die holde Bundesrepublik einen winzig kleinen Teil ihres Volksvermögens in mutige Reformen investieren, könnte daraus ein lebenswertes Weltmodell erwachsen, das ich gerne mittragen würde. Doch danach sieht es nicht aus. Die westliche Welt hat die unendlichen Bedürfnisse erfunden und sich der Massenmenschhaltung von konsumierenden, pflichtbewussten Arbeitnehmern verschrieben. Die östliche Welt hatte Ende der 60er Jahre die Idee von einem Sozialismus mit menschlichem Antlitz mit

Panzern plattgewalzt, worüber sich die westliche Welt klammheimlich freute, bewies es doch ihre propagierte Überlegenheit.

Meine Lebensvorstellungen waren so zwiespältig wie die beiden großen Machtblöcke. Ich war ein plattgewalztes, unendliches Bedürfnis, geprägt von zwei Weltmächten die sich spinnefeind waren und ihre Bürger für ihre Interessen verramschten.

Wie sollte es mit mir weitergehen? Eine eigene Welt konnte ich mir nicht aufbauen, dazu war ich nicht in der Lage. Hochintelligente Steppenwölfe, mit denen sich jeder gerne identifiziert, gab es nur in der Literatur, bei Hermann Hesse, nicht im wirklichen Leben. Ich konnte nur mitschwimmen im Strom des Zeitgeistes. Hineingeworfen ins Leben musste ich mich in der Bundesrepublik, der unendlichen Bedürfnisanstalt, mit meinen bundesdeutschen Brüdern und Schwestern arrangieren. Die DDR hatte ich 28 Jahre lang ertragen, wie lange die BRD? Für mich war sie ähnlich wie die DDR, verleugne ich mich und spiele mit, gehöre ich dazu, wenn nicht, bin ich ein Querulant, finde keine Arbeit und gelte als Versager. Wer sich nicht anpasste, landete in der DDR im Arbeitslager und in der BRD im Obdachlosenasyl, das waren die Endstationen. Deshalb wurden viele DDR-Flüchtlinge und Oppositionelle in der BRD zu Heuchlern und Speichelleckern, ich gehörte dazu.